BIBLIOTHÈQUE HISPANO-AMÉRICAINE

UNE CHAMBRE EN ALLEMAGNE

Carla MALIANDI

UNE CHAMBRE EN ALLEMAGNE

Traduit de l'espagnol (Argentine)
par Myriam Chirousse

Éditions Métailié
20, rue des Grands Augustins, 75006 Paris
www.editions-metailie.com
2021

Retrouvez-nous sur les réseaux sociaux :

Titre original : *La habitación alemana*

ISBN : 979-10-226-1044-5
ISSN : 0291-0154

Un

I

Autrefois j'avais appris le nom de toutes les constellations. Mon père me les avait montrées en m'indiquant que ce ciel d'Allemagne lui était totalement étranger. J'avais l'obsession du ciel, des étoiles et des avions. Je savais qu'un avion nous avait amenés à Heidelberg et qu'un avion nous ramènerait à l'endroit auquel nous appartenions. Pour moi, les avions avaient un visage et une personnalité. Et je priais pour que celui qui nous ramènerait à Buenos Aires ne soit pas un de ceux qui pouvaient tomber au milieu de l'océan et tous nous tuer. La veille du voyage, de ce grand voyage de retour en Argentine, notre maison de la Keplerstrasse s'est remplie de philosophes. Nous dînions dans le jardin parce que c'était une soirée anormalement claire et chaude. Parmi les philosophes il y avait des Sud-Américains, un Chilien qui jouait de la guitare, un Mexicain sévère aux moustaches sans surprise, et Mario, un jeune étudiant argentin qui logeait chez nous. Les Sud-Américains s'efforçaient de parler allemand et les Allemands répondaient gentiment en espagnol. Mon père discutait à grands cris avec un philosophe de Francfort très grand et complètement chauve. À un moment ils ont vu que je les regardais effrayée et ils m'ont expliqué qu'ils ne se disputaient pas, qu'ils parlaient de Nicolai Hartmann. Un peu plus grande j'ai essayé de lire Hartmann pour comprendre ce qui pouvait les amener à débattre avec une telle fougue, mais je n'ai rien trouvé.

Maintenant je devrais dormir mais je ne peux pas, j'ai encore en moi la nervosité du voyage. Je vois par la fenêtre de ma nouvelle chambre un bout du ciel d'Heidelberg. Cette nuit-là j'ai regardé ce même ciel un long moment en essayant de l'apprendre, comme si je disais adieu à quelque chose que je devais garder dans ma mémoire. Je me souviens que le philosophe chilien qui jouait de la guitare s'est mis à chanter d'une voix déchirante *Gracias a la vida* de Violeta Parra, et qu'autour de lui un groupe d'Allemands enthousiastes, solidaires et ivres, reprenaient les paroles en chœur avec des intonations ridicules.

Combien de nuits est-ce que j'ai passées le mois dernier sans dormir d'une traite ? Hier à Buenos Aires j'avais peur de ne pas entendre le taxi et je me réveillais toutes les cinq minutes. Quand je suis arrivée à Ezeiza j'ai dû prendre un café bien serré pour finir de me réveiller et affronter les petites formalités de l'aéroport. Dans l'avion j'ai retrouvé ce vertige du vol, mais ce n'était pas la crainte de tomber, plutôt la peur d'arriver à destination saine et sauve, et ne pas savoir quoi faire ni pourquoi. Terminer ma vie dans cet avion aurait été moins problématique qu'arriver comme ça en Allemagne, sans avoir prévenu personne à Buenos Aires. Mourir en vol aurait sans doute été moins effrayant que de venir sur un coup de tête, sans suffisamment d'argent, dans une tentative désespérée de trouver la tranquillité. Et un bonheur passé, perdu et enterré pour toujours avec la mort de mon père. On n'agit pas comme ça, mais c'est comme ça que j'ai agi et je suis là. Demain je chercherai un téléphone pour appeler Buenos Aires, et tout expliquer comme je le pourrai.

Je crois que dans cet endroit, dans ce lit, je vais pouvoir bien dormir. La chambre est plus belle que ce que j'ai vu sur Internet, et tout ce que la directrice m'a montré tout à l'heure, le réfectoire, la cuisine et toute la partie d'en bas de la résidence, m'a plu aussi. C'est sûrement un bon endroit pour les étudiants. Mais moi je ne vais rien étudier. Moi je vais essayer de dormir, je vais essayer d'aller mieux, et je vais chercher un banc sur la Markplatz où je pourrai m'asseoir pour penser tranquillement et manger des bretzels.

II

Je rêve que je me réveille sur un lit de camp dans quelque chose qui ressemble à un poulailler pour êtres humains. Un garçon d'environ trois ans dort à côté de moi. Je le réveille pour lui demander où nous sommes mais le garçon ne sait pas parler. Je lui dis qu'il faut qu'on parte de là. Je le soulève et je commence à marcher. Je porte les vêtements que j'ai utilisés pour le voyage. Un pull-over gris et un jean mais je n'ai pas de chaussures. Le garçon est enveloppé dans un drap et il pèse très lourd. Nous traversons un hangar énorme et nous rampons sous des fils barbelés qui l'entourent. Nous sortons dans un champ. Il y a des vaches et le sol est tout entier couvert de brume. Couché sous l'une des vaches, il y a un paysan en train de la traire. Je peux à peine le voir, il est baraqué et il a l'air tyrolien. Quand nous passons à côté de lui il nous offre du lait dans un verre. Je prends le verre et je le donne à l'enfant. L'homme se fâche, il me dit que le lait était pour moi. Nous nous expliquons mais nous ne nous comprenons pas parce qu'il parle un dialecte très obscur. À un moment il regarde ma poitrine, il me la montre et je comprends très clairement ce qu'il dit : "Là il y a assez de lait pour tout le monde." Je prends peur et je me mets à courir en tenant le garçon par la main. Pendant que nous courons il me lâche, je l'attrape encore, il me lâche encore, je l'attrape encore, il me lâche encore. Je me réveille.

Le lit de la résidence est absolument confortable et ma chambre a une fenêtre avec vue sur un jardin. Le paysage que je vois d'ici est totalement différent du champ dévasté de mon rêve et la résidence dépasse toutes mes attentes de fausse étudiante.

Frau Wittmann, la directrice de la résidence, hier soir après avoir noté mes coordonnées et m'avoir montré les lieux, m'a prévenue que le petit-déjeuner se préparait jusqu'à 9 h 30. Il faut que je me lève tout de suite si je ne veux pas le louper. Encore allongée je me souviens de mon rêve et je touche ma poitrine, elle est manifestement plus gonflée que d'habitude. Je pense que je dois être sur le point d'avoir mes règles, j'espère que je n'ai pas oublié de prendre du Sertal. Je me lève, je me change rapidement, je me coiffe vite fait avec les doigts et je descends au réfectoire. Des étudiants chauffent du café et font griller des tartines de pain. Je ne comprends pas les règles, je ne sais pas si je peux prendre ce qui me fait envie ou si je dois demander la permission. Il est clair qu'ici ce n'est pas un hôtel, on ne va pas venir me servir mon petit-déjeuner. Maintenant je comprends pourquoi Frau Wittmann a parlé de "se préparer le petit-déjeuner". Je vois que chacun mange une chose différente, les uns des tartines, les autres un yaourt, les autres un fruit, les autres des céréales. Ils sortent les choses d'un frigidaire, ils se déplacent d'une façon organisée, je vois aussi que les choses ont des étiquettes avec des noms. Certains forment une petite queue devant la cafetière, d'autres sont assis et bavardent à voix basse, d'autres plus solitaires déjeunent avec leurs ordinateurs portables ouverts et ne regardent personne. J'ai honte d'être plantée là, un peu embarrassée et mal coiffée. Je décide de sortir et de déjeuner dans un bar, ne serait-ce que pour aujourd'hui.

Heidelberg est un lieu de conte de fées, irréel, une des rares villes allemandes qui n'ont pas été bombardées. J'essaie de reconnaître les rues. J'ai vécu ici les cinq premières années de ma vie. Certaines choses me sont familières : les boulangeries, les berges du Neckar, l'odeur de la rue. C'est un jour chaud et éclatant. Je marche à l'intérieur du conte, je respire profondément, je joue à me perdre dans les rues puis à me resituer. J'entre dans un bar de la Markplatz, je commande un petit-déjeuner qui comporte du pain, de la charcuterie, du jus d'orange et du café au lait. Le garçon me demande d'où je viens, il me parle de foot, il connaît par cœur le nom de tous les joueurs de l'équipe d'Argentine. J'en profite pour pratiquer mon allemand sans grande exigence. Je me rends compte que je suis en difficulté, que je ne comprends plus très bien la langue, que je l'ai oubliée, que les leçons que j'ai cherchées sur Internet avant de venir et la bonne prononciation que je croyais pouvoir retrouver n'ont pas suffi. Pendant que le serveur me parle de Messi, j'envisage des stratégies de communication. Je peux parler en anglais si ça ne fonctionne pas. Oui, Messi c'est un génie, je finis par dire en espagnol. Le garçon s'esclaffe et il part s'occuper d'une autre table. En partant il répète : "génie", "c'est un génie". J'avale mon petit-déjeuner avec voracité, je ne laisse rien. Un vieil homme assis à la table d'à côté me regarde du coin de l'œil et je vois au pied de sa chaise un petit chien qui l'accompagne. Le vieil homme le caresse d'une main et de l'autre il tient sa tasse. Je calcule son âge et je me demande ce qu'il pouvait faire pendant la dernière guerre. Peu importe, même si c'est un vieux nazi il n'en a plus pour longtemps à vivre. L'homme me sourit tout à coup. Peut-être que je suis pleine de préjugés, il a l'air d'être un vieillard aimable qui a remarqué que je ne suis pas d'ici. Que peuvent voir de moi ceux qui me voient assise là ? J'imagine mes cheveux autour de mes épaules, la barrette mal accrochée que je me suis mise ce matin, le joli chemisier que je porte tout froissé. Tout me semble ridicule maintenant. Ridicules ces ornements avec lesquels j'essaie de couvrir les ruines. Tout est détruit, où que j'aille. Et maintenant je suis à des milliers de kilomètres de mon pays, sans savoir bien parler, sans savoir quoi faire.

Quand je regagnerai ma chambre à la résidence je vais demander des ciseaux à Frau Wittmann et je vais me couper les cheveux. Voilà, j'ai quelque chose à faire. Pourquoi est-ce que je ne me suis pas coupé les cheveux avant ? Le vieil homme de la table d'à côté s'en va, sur le trottoir il s'arrête, il se retourne vers ma fenêtre et il me fait un geste d'au revoir. C'est attendrissant de le voir avec son chien pendant qu'ils s'éloignent. Je prépare la monnaie avec laquelle je paierai le petit-déjeuner. Sept euros. Sept euros, c'est vraiment beaucoup dans mon budget de voyageuse. Je me demande si je pourrai passer quelques coups de fil avec ces pièces. Si je pourrai rassurer ma mère, qui se désole encore de ma séparation et qui maintenant va devoir supporter en plus l'idée que je suis loin pendant un temps. Si je pourrai m'excuser auprès des gens du travail, un travail que j'étais sur le point de perdre parce que je suis arrivée en retard presque tous les jours le mois dernier. Si je pourrai composer le numéro de ce qui était ma maison jusqu'à il y a très peu. Appeler Santiago après tout ce temps sans se parler et dire : je t'appelle d'Allemagne, comment ça va ? Et avoir juste une chose en tête, une demande à moi-même, une prière à tous les dieux : que ma voix ne se brise pas.

III

Quand j'arrive à la résidence après avoir marché toute la journée il est huit heures et il fait nuit. Frau Wittmann m'accueille à la porte, elle dit que quelqu'un m'attend dans le réfectoire. L'image impossible de Santiago ici à l'intérieur, l'idée absurde qu'il soit venu me chercher me mettent le cœur au bord des lèvres. *Moi*, vous êtes sûre ? je demande. C'est un étudiant de ton pays qui veut te parler, répond-elle sans me regarder. Je souris à contre-cœur et je la remercie. Avant d'entrer je lui demande des ciseaux et Frau Wittmann dit qu'elle cherchera dans ses affaires. Quand j'entre dans le réfectoire je trouve assis un jeune homme brun basané, démesurément grand et vaguement enfantin. Il est penché sur un livre d'échecs, en train de lire. Il lève la tête et son visage s'illumine en me voyant arriver, je calcule qu'il ne doit pas avoir plus de vingt-cinq ans, il dit qu'il m'a attendue tout l'après-midi. Je ne l'ai jamais vu de ma vie mais il se comporte comme si nous étions de la même famille ou des amis de longue date. Il me raconte qu'il est de Tucumán* et qu'il s'appelle Miguel Javier Sánchez. Qu'il a une bourse CONICET et une autre du DAAD, qu'il étudie l'économie politique, qu'il est arrivé il y a une semaine et qu'aujourd'hui il a appris qu'il a une compatriote dans la résidence. Il me demande ce que j'étudie. Je lui mens, je lui dis que je fais un master en dramaturgie allemande. Frau Wittmann nous interrompt, elle me

* Province du nord-ouest de l'Argentine. (*NdT*)

remet des ciseaux et elle me demande de faire attention. Je la remercie. Miguel Javier n'arrête pas de parler, il me raconte sa vie à Tucumán, ses origines modestes, la fierté que sa famille a pour lui, le seul étudiant, le prodige. Il me demande si je veux l'accompagner pour visiter le château demain. Je lui dis que oui, que c'est une promenade magnifique et un de mes plus beaux souvenirs d'enfance. Il s'enthousiasme, il dit qu'il apportera des sandwichs et un appareil photo qu'il a acheté avec son premier salaire de boursier. Son enthousiasme m'attendrit un peu, à un moment il dit : j'ai lu que ce château est très beau. Il le dit avec son accent à lui, j'ai lu que ce *chatô étrèbô*. Après j'arrête de l'écouter, il parle et je pense à comment je vais me couper les cheveux. D'abord je couperai les pointes puis je monterai petit à petit avec les ciseaux jusqu'où j'en ai le courage. Si ça me va mal tant pis, ici personne ne me connaît. Miguel Javier est un prénom horrible, cacophonique. Il y a quelque chose qui maltraite l'oreille quand on le prononce de façon composée, comme il se présente. Miguel Javier me demande à quoi je pense, il dit qu'il me voit distraite. Je lui réponds que la journée a été longue, que je suis fatiguée ; et je lui dis qu'on se verra demain matin au petit-déjeuner.

Après avoir pris un bain et coupé mes cheveux je me sens épuisée. Je tombe morte de sommeil sur mon lit de princesse exilée, mon lit de fausse étudiante, mon lit de touriste solitaire, de réfugiée. Je suis à l'abri. Il n'existe rien de mieux au monde en cet instant que la solitude de ma chambre louée, ma tanière européenne sans faste mais pleine de confort, les volets épais de la fenêtre, l'édredon blanc, l'oreiller impeccable. Je repense au conte de la princesse au petit pois, cette jeune fille à qui l'on met un petit pois sous sept matelas pour vérifier qu'elle a du sang bleu. La pauvre ne dort pas de toute la nuit. Mais moi je suis une fausse princesse et rien ne va m'empêcher de dormir. Je commence à m'assoupir sans voix qui m'angoissent, sans tremblements, sans aucun malaise et je me sens victorieuse : je suis venue en Allemagne pour dormir d'une traite. Je respire l'odeur des draps propres, j'imagine que je suis quelqu'un d'autre, une personne qui se soucie seulement de ce qu'elle fera demain, de ce qu'elle prendra au petit-déjeuner, des rues dans lesquelles elle marchera.

Je suis réveillée par des coups à la porte. Pendant un instant je crois que j'ai rêvé, mais on frappe à nouveau et je vois qu'il fait jour. Je me lève et j'ouvre en chemise de nuit. Le Tucumanais est debout devant moi avec un air entre content et réprobateur : *Huit heures et demie ont* sônné*!* dit-il.

Je lui demande de m'attendre en bas et de me laisser le temps de me changer. Je ferme la porte et je m'habille en murmurant les réponses que je ne lui ai pas faites : *C'est quoi cette tête ? Ne reviens plus jamais frapper à ma porte à cette heure-ci, Tucumanais sans-gêne.*

Je descends au réfectoire, le panorama estudiantin est pareil que la veille, sauf que maintenant j'ai une connaissance parmi tous les étudiants. Il est là, debout dans la queue de la cafetière ; il lève la main en agitant une petite cuillère quand il me voit descendre et il s'exclame : *ici, ici !*

Assis à table, le Tucumanais m'explique que le café et le lait c'est la résidence qui les fournit, mais que, pour le reste, les étudiants l'achètent et le rangent dans le frigo avec des étiquettes. Comme je n'ai rien pour déjeuner, il m'invite à prendre dans ses affaires et il me prévient que les magasins sont fermés le dimanche, qu'il faudrait que je fasse mes courses aujourd'hui en rentrant de notre promenade. Dans ce qu'il me propose il y a dû jambon, du fromage frais et de la pâte de coing. Ensuite il me montre une boîte en plastique avec des sandwichs débordants de mayonnaise et il me dit qu'il les a préparés pour notre excursion, ce matin de bonne heure pendant que je dormais.

Le château est situé dans la partie la plus haute d'Heidelberg et la balade depuis la résidence dure une heure. Le Tucumanais marche devant avec son appareil photo et tous les dix pas il se retourne pour me signaler quelque chose ou me prendre en photo. Il me regarde sur l'écran de l'appareil et il critique ma coupe de cheveux, il dit que les cheveux longs m'allaient beaucoup mieux. On ne se connaît pas assez bien pour se faire ce genre de commentaires, je pense, mais le paysage est beau et il atténue la mauvaise humeur que mon accompagnateur pourrait me causer. À mi-chemin je me sens très fatiguée et j'ai besoin de m'arrêter. Miguel Javier se moque. Une famille de Nord-Américains qui se trouvait quelques mètres en arrière nous rattrape, ils nous demandent de les prendre en photo. C'est un couple de quadragénaires avec trois enfants dont je calcule qu'ils doivent avoir entre cinq et douze ans. Ils posent pour la photo comme des mannequins. Quand je leur rends l'appareil, le plus petit des enfants me serre contre lui. Sa mère le tire par le bras et ils poursuivent leur chemin. Je me souviens de mon rêve la nuit de mon arrivée, la main minuscule de ce gamin qui me lâchait pendant que nous courions pour fuir le paysan qui regardait ma poitrine. Le Tucumanais me regarde et il me dit que je suis pâle. Il ouvre son sac à dos, il sort la boîte et il me propose un sandwich. Je lui dis que je n'en veux pas, que je ne me sens pas bien et je vomis au bord du chemin. Le Tucumanais me tient le front et quand j'arrête de vomir il me donne de l'eau et une serviette pour que je me nettoie. Nous restons assis un moment, en silence. D'ici en haut on voit la rivière qui traverse la ville, les toits rouges, les coupoles de la Renaissance. J'annonce au Tucumanais que je me sens mieux et je me lève pour continuer la promenade. J'ai comme l'impression que tu attends un heureux événement, me dit-il en s'arrêtant. *Que je quoi ?* je demande, paralysée. Que tu es enceinte, répond-il, et il ne me reparle plus de tout le chemin.

L'entrée au château coûte dix euros que nous payons à contrecœur. À la porte on nous dit d'attendre le guide espagnol, que la visite commencera dans dix minutes. Miguel Javier ne me regarde pas et il ne me parle pas non plus, on dirait presque qu'il ne me connaît pas dans le groupe de touristes. Je romps le silence.

– Comment tu sais ?

– Quoi ?

– Comment tu sais… comment tu peux te rendre compte que je pourrais être enceinte ?

Le Tucumanais me regarde avec une expression nouvelle ; son visage qui me semblait un peu enfantin depuis que je l'ai vu pour la première fois semble vieillir subitement comme s'il était porteur d'une sagesse ancestrale.

– J'ai six sœurs et presque vingt neveux. J'ai été le témoin de toutes leurs grossesses et de tous leurs symptômes, jusqu'aux plus singuliers et bizarres. Je sais ce que c'est. Et toi en plus des vomissements tu as cette chose dans le regard.

– Quelle chose ?

– Cette chose un peu brillante, un peu ivre.

– Tu ne me connais pas, peut-être que je suis tout le temps comme ça.

– Peut-être, mais moi à ta place je me ferais faire les analyses et j'irais prévenir le père.

Le guide s'approche et il nous demande de tous nous mettre en rond autour de lui pour commencer la visite.

IV

J'attends encore trois jours pour faire un test de grossesse. Je fais des calculs stupides : si juillet a trente et un jours et août aussi, mes dernières règles devaient être… Je ne me rappelle plus. Je ne me rappelle presque plus rien de mon dernier mois en couple, je n'ai que des images des disputes, les phrases blessantes, la lumière éteinte, le corps de Santiago sur le mien, sans nous regarder, trop tristes. Je ne me rappelle pas la date de mes dernières règles. Par contre je me rappelle que je suis allée un soir chez Leonardo et que nous avons bu trop de vodka et que je lui ai raconté que je me séparais et qu'il m'a demandé de rester dormir avec lui, et mon corps sur le sien dans son lit, ses ronflements au petit matin et mon envie de partir en courant vers un endroit qui serait à moi, une maison à moi, une maison loin de tout.

Je fais un gros effort pour retrouver dans ma mémoire des taches de sang, des serviettes, de l'Ibuevanol, mais je ne sais pas à quel mois appartiennent ces images. Ça m'énerve d'avoir à me rappeler toutes ces choses, je suis venue loin pour m'en reposer. Je me dis que je peux encore avoir mes règles. Pendant ces quelques jours je dors plus que le compte, je loupe le petit-déjeuner, je sors me promener à midi et je reviens faire la sieste. Un jour je me mets à parler avec une Japonaise de la résidence, elle est sympathique, elle étudie la philologie allemande, elle s'appelle Shanice. C'est pratiquement ma seule interlocutrice ces derniers temps. Je me rends compte qu'elle a pris la fuite elle aussi, mais de manière organisée. Étudier en Allemagne, pour un Japonais, c'est comme sortir faire la fête. Shanice, comme la plupart des étudiants de la résidence, a quelques années de moins que moi. Un après-midi elle me raconte qu'elle a décidé de quitter le Japon après le suicide de deux camarades de sa fac, elle dit en souriant : c'est tellement facile, tellement facile, se jeter sur les voies, on peut le faire même quand on est heureux.

Miguel Javier se lève très tôt et il passe toute la journée à l'université, nous nous sommes à peine recroisés. J'attends trois jours et au troisième jour j'ai toujours du retard. Je ne sais pas comment demander un test de grossesse en allemand. Je demande à Shanice de m'aider. Elle m'écoute attentivement et elle prend ça comme une mission secrète qu'elle doit accomplir à la perfection.

Peu de temps après elle revient dans ma chambre et elle me donne une boîte qu'elle a achetée à la pharmacie. Nous lisons ensemble les instructions en trois langues : faire pipi dans le flacon, mettre l'embout réactif dedans, attendre trois minutes, si un seul trait apparaît c'est négatif, deux traits apparaissent, positif. D'accord, c'est facile. Je remercie Shanice mais elle ne s'en va pas. Elle reste là à me regarder en attendant que j'entre dans la salle de bain et que je lui annonce le résultat. Je réunis mon courage et je lui demande de me laisser seule. Elle me dit que non, qu'elle ne va pas me laisser seule dans un moment pareil. Elle est debout comme un soldat nippon et je me sens redevable et je n'ai pas la force de lui expliquer quoi que ce soit. J'entre dans la salle de bain avec la boîte du test. Je suis toutes les instructions : je fais pipi dans le flacon, je le pose par terre et je mets l'embout dedans. J'attends les trois minutes indiquées sur la boîte. J'essaie de me distraire dans le miroir. Mon visage ressemble de plus en plus à celui de ma mère. Elle était enceinte de moi quand ils sont arrivés dans cette ville et elle ne le savait pas. Ont-ils fêté ça lorsqu'ils l'ont appris ? Mon père est-il sorti acheter du pain, des saucisses, du vin ? Ont-ils levé leurs verres ? Sont-ils restés éveillés jusqu'au petit matin à faire des projets, en pensant à appeler la famille pour leur dire la nouvelle ? Ont-ils ri ?

Je me penche pour voir de plus près ce que je viens de voir debout. Il y a deux traits épais et nets, je retourne l'embout, je le secoue, je le regarde à nouveau et les deux traits sont toujours là. Je me lave les mains et je sors de la salle de bain. Shanice est assise au bord de mon lit et elle me regarde avec impatience. Je lui dis la vérité : c'est positif, je vais réfléchir à ce que je vais faire. Et je lui demande instamment deux choses : ne dis rien à personne et s'il te plaît va-t'en. Shanice me serre dans ses bras avant de sortir et elle me laisse seule. Je ferme la porte avec le verrou et je tourne plusieurs fois en rond dans ma chambre. Puis je m'assois sur le lit. J'ouvre un paquet de biscuits et un jus de pomme que j'ai achetés cet après-midi. Le jus est délicieux et je sens que tous les muscles de mon corps se relâchent, que ma poitrine se creuse et mon menton tremble. J'enfonce ma tête dans l'oreiller et je me mets à pleurer jusqu'à m'endormir.

Deux

I

Il pleut sur Heidelberg. C'est samedi et le réfectoire s'est transformé en salle de réunion pour de nombreux étudiants qui ont renoncé à leurs sorties du week-end. Après un jour entier sans quitter ma chambre je décide de descendre. Miguel Javier joue aux échecs avec un type roux et barbu. Je l'ai déjà vu, je crois qu'il vient d'un pays de l'Est et qu'ils sont camarades de fac. Ça me fait plaisir de voir le Tucumanais après tout ce temps et je m'assieds à une table près d'eux en attendant qu'ils terminent pour bavarder un peu de tout et de rien et me tirer de cette sensation d'enfermement. Le Tucumanais me regarde du coin de l'œil sans perdre sa concentration sur le jeu, il bouge un cavalier et il me parle.

– Tu te sens mieux ?

– Oui, je vais bien. Tu avais raison.

– J'espère bien, j'ai toujours raison.

Le rouquin joue un coup que je ne vois pas et le Tucumanais se désespère. Il pose une main sur son front et il marmonne des insultes entre ses dents. Le rouquin me regarde et il sourit.

Je crois que ma présence a déconcentré le Tucumanais et que maintenant il se fait battre par ma faute. Je me lève et je vais à une autre table qui vient de se libérer, plus près de la fenêtre d'où je peux voir le jardin sous la pluie. Frau Wittmann s'approche et elle me demande de l'aider à accrocher des rideaux qui sont arrivés de la laverie. Je suppose qu'elle me choisit moi parce que je suis seule et que je ne fais rien. Autour tous les autres discutent ou lisent ou parlent par Skype dans des langues différentes. La demande me surprend un peu. Comment se fait-il que la directrice d'une résidence aussi grande n'ait personne pour l'aider, pas d'employé ? Elle me tend les rideaux, des mètres d'étoffe très lourde que je dois accrocher aux tringles de la fenêtre. Je monte sur une table et d'en bas Frau Wittmann me donne des indications. Quand il me voit là debout le Tucumanais se lève et il me dit de descendre, que je suis une inconsciente. Depuis notre balade au château, depuis mon vomissement annonciateur au bord du chemin, il n'a pas cessé de me traiter avec un certain mépris. Tout l'enthousiasme qu'il plaçait en moi s'est transformé en déception et il ne m'a presque plus adressé un regard ni un mot sauf pour me dire deux ou trois choses d'un ton réprobateur. Maintenant il a abandonné la partie et il est debout sur la table à suivre les instructions de Frau Wittmann. Moi, qui lui ai obéi en silence, je ne sais pas bien quoi faire d'en bas. Je veux aider mais je ne sais pas comment. En vérité je ne sais pas ce que je fais dans cet endroit, dans cette résidence qui ne me correspond pas, dans cette ville conservatrice, fantasmagorique, dans ce pays parfait et repoussant. Je vais dans ma chambre enfiler un blouson et je sors dans la rue. Je marche sous la pluie en répétant les mots, les phrases, les intonations. Je cherche un téléphone pour parler à Buenos Aires.

Je mets deux pièces d'un euro et je compose le numéro de mon ancienne maison. Pendant que le téléphone sonne je prie pour que personne ne décroche, je comprends que c'est une erreur d'être là en train d'appeler avec autant de doutes mais je n'arrive pas non plus à raccrocher. Je décide d'être très directe, je dirai tout sans m'interrompre, tout se résume à deux choses, les deux seules choses que je sais avec certitude : je suis en Allemagne et je suis enceinte. Santiago, à dix mille kilomètres d'ici, prend mon appel. Je lui demande comment il va. Il me dit que Ringo est passé sous une voiture et qu'il va falloir l'opérer. La nouvelle me retourne l'estomac. Je me mets à pleurer encore une fois. Je lui demande ce qu'a dit le vétérinaire, s'il va s'en sortir. Il dit qu'on ne sait pas et que c'est la vie. Je crois que Ringo est l'être vivant que Santiago aime le plus et pourtant il emploie son ton sarcastique habituel, ce même ton qu'il a employé quand nous nous sommes séparés. Il me dit que si je veux je peux venir à l'opération qui va avoir lieu demain matin. Je lui dis que je ne peux pas, que je suis à Mar del Plata. Je ne sais pas pourquoi je lui dis ça, c'est la première chose qui me vient. Il se tait un moment puis il me demande de lui envoyer le numéro client qu'on a chez Telecentro, comme ça il fera le nécessaire et ils ne me débiteront plus le service sur ma carte, parce que je n'habite plus là et que c'est à lui de payer. Oui, je te l'envoie par mail, je lui réponds. Nous nous taisons à nouveau. Il me demande si je veux lui dire autre chose. Je lui dis que non. Il dit alors raccrochons, parce que la communication depuis Mar del Plata va me coûter cher et qu'il faut qu'il aille donner à Ringo des médicaments que le vétérinaire lui a prescrits. Que tout se passe bien, je lui dis. Pour toi aussi et amuse-toi bien à Mar del Plata, répond-il, et il raccroche. Je reste un moment immobile avec le combiné dans la main. Quand je raccroche, le téléphone me rend une pièce d'un euro et trois de dix centimes.

Je marche très lentement, en entendant encore la voix de Santiago dans ma tête, en serrant les poings dans les poches de mon blouson. Je ne peux pas imaginer la blessure de Ringo, cette seule idée me donne envie de vomir. À Heidelberg on ne voit pas de chiens en liberté, en train de fouiller les poubelles ou étendus à l'ombre comme il y en a dans tous les quartiers de Buenos Aires. Les chiens d'ici sont de race, petits, et toujours accompagnés de leurs maîtres, souvent portés même dans leurs bras. Il y a des restaurants qui n'acceptent pas les enfants, mais qui permettent d'entrer avec des chiens. Je marche sans but encore un moment. Maintenant la pluie est devenue une bruine fine et mélancolique. Je ne veux pas dépenser mon argent dans un café mais je ne veux pas non plus continuer à me mouiller. J'entreprends mon retour à la résidence et je pense à Ringo, à son corps chaud et poilu, au réconfort que c'était de le prendre dans mes bras en rentrant à la maison en hiver, je me rappelle ses yeux, cette manière de me regarder comme s'il comprenait, ses oreilles qui montaient ou descendaient selon notre humeur, sa façon de se coucher dans la cour pour faire la sieste en été, de fourrer sa truffe dans les fesses du premier visiteur qui entrait, et de remuer la queue chaque fois qu'il entendait les clefs de Santiago à la porte. Je me rends compte qu'il me manque et que je ne pourrai jamais plus ressentir la même chose pour aucun autre chien.

II

Quand j'arrive à la résidence Shanice m'accueille avec une perruque fuchsia et une robe à rayures, elle dit qu'elle me cherchait, qu'aujourd'hui c'est soirée karaoké. Pendant le court moment où j'étais dehors ils ont transformé le réfectoire en salle des fêtes, avec des ballons aux murs et une boule à facettes qui pend au plafond. Shanice me raconte qu'ils sont en train de former les équipes et elle veut que je sois dans la sienne. Je lui dis que je chante très mal et qu'il faudrait que j'aille changer mes vêtements mouillés. Elle dit qu'elle m'attend et elle me donne une perruque bleue et un boa en plumes synthétiques de couleur violette. C'est drôle, nous allons tous être déguisés et oublier les problèmes, assure-t-elle en poussant de petits cris aigus et en agitant les mains.

Mes options pour ce soir sont de me coucher, ressasser dans ma tête cette amère discussion téléphonique, continuer de faire des calculs de dates, établir quel est le pourcentage de possibilités entre Leonardo et Santiago, pleurer jusqu'à m'endormir ou participer au karaoké. Je choisis la dernière. Je prends un bain chaud et je descends au salon. J'ai mis une robe, la seule que j'ai apportée, et autour de mon cou le boa violet. Je tiens la perruque bleue à la main. Tout le monde est déguisé et euphorique. J'entends un groupe de rock allemand que je ne connais pas. Shanice m'attrape par le bras et elle me tire dans un coin, elle me met la perruque, elle me l'arrange et elle me dit qu'elle me va très bien. Un garçon avec un passe-montagne et une pipe m'invite à danser, il se présente comme le sous-commandant Marcos. Il parle avec un accent qui au début me semble russe. Il danse très mal mais il est amusant. Il me demande en quoi je suis déguisée.

– En princesse galactique.

– Ça doit être un personnage de ton pays.

– C'est ça.

– Si j'étais toi je me serais déguisé en Evita.

– Comment tu sais que je suis argentine ?

– Je t'observe depuis que tu es arrivée.

– Ah. Tu es une sorte d'espion zapatiste ?

– Non, je suis un play-boy albanais.

Je le reconnais tout à coup, c'est le type roux et barbu qui jouait aux échecs cet après-midi avec le Tucumanais. La musique s'arrête. Shanice, visiblement ragaillardie par l'alcool, attrape un micro et elle demande le silence pour dire quelques mots. Jamais je ne l'ai vue aussi excitée, son allemand très correct est devenu une langue confuse et morcelée.

Bonsoir tous! Bienvenue soirée karaoké, youhou, vive karaoké! Vive la musique! Aujourd'hui tous nous chanterons et nous danserons et personne triste. Beaucoup cadeaux. Cadeaux de bisous pour le gagnant! Hummmm, qui sera? Peut-être toi, garçon en déguisement de lapin, qui t'embrassera? La fille en déguisement de lapine, bien sûr! Oui, aujourd'hui fête et tout OK, *d'accord? Personne triste. Vive Heidelberg! Voyons c'est quoi première chanson…* (Elle sort un petit papier d'un sac et elle le lit.) *C'est:* Papa don't preach, *le vieux succès de Madonna. Qui vient?*

Un Mexicain travesti avec une robe de chambre dorée et une perruque de Marilyn Monroe monte au front et chante en imitant grotesquement Madonna. Il est suivi par une Française habillée en Petit Chaperon rouge qui chante une chanson de Britney Spears, puis vient le Tucumanais, déguisé en gaucho, pour chanter *Matador* des Fabulosos Cadillacs, accompagné par un chœur de Chinois qui déchiffrent les paroles phonétiquement. Tout est très drôle et même si j'ai fait un gros effort de volonté pour participer à cette fête étudiante je reconnais que Shanice n'avait pas tout à fait tort: pendant un long moment je parviens à oublier la conversation horrible avec Santiago, ma grossesse, ma terrifiante incertitude. En plus, ils servent des saucisses délicieuses et la meilleure bière qui soit.

Le faux sous-commandant Marcos me demande de l'accompagner à la porte fumer une cigarette. La nuit s'est complètement dégagée et on voit une lune énorme comme dans les films romantiques ou ceux de loups-garous. Nous parlons un moment de nos pays, de politique, de ce qui nous plaît et ne nous plaît pas en Allemagne. Il me raconte qu'il a étudié le péronisme à la fac, qu'il adorerait visiter la Patagonie et qu'il est fan de Maradona. Marcos, je ne sais toujours pas son vrai nom, retire son passe-montagne et il me sourit. Son sourire peu à peu se transforme en une expression concentrée et il promène lentement son regard sur mon front, ma bouche, mon cou. Je sais qu'il va essayer de m'embrasser d'un moment à l'autre. Je me rends compte qu'il est très jeune, comme le Tucumanais, il n'a pas plus de vingt-cinq ou vingt-six ans. Il s'approche de moi et il écarte avec ses doigts la frange de la perruque, il dit que mes yeux brillent sous la lune ou quelque chose dans le genre que je n'arrive pas à comprendre. Je lui dis que j'ai une dizaine d'années de plus que lui et que je suis enceinte. Il me regarde d'un air méfiant mais il comprend immédiatement que c'est la vérité. Les femmes enceintes me fascinent, dit-il en me collant contre le mur pour m'embrasser sur la bouche. Pendant un instant quelque chose en moi résiste, mais soudain mes bras se relâchent et ma bouche s'ouvre. Ce qu'il est en train de faire me plaît. J'enfonce mes doigts dans sa barbe terracotta, nous nous embrassons. Ses cheveux sont jaune paille et rouge. Mes mains maintenant sur sa tête une image me paralyse, c'est ce tapis terracotta que nous avons acheté à Salta avec Santiago et qui allait si bien à côté du canapé. Jaune paille et rouge. Ce tapis qui simulait la simplicité et qui nous avait coûté les yeux de la tête et qui n'a servi à rien parce que c'était un mensonge, parce que agencer une maison est une fiction qui peut être remplacée par une autre à tout moment. Quelque chose se révèle à moi : je ne veux plus jamais acheter un assortiment de tasses, redresser les tableaux sur le mur, décider où va ce tapis qui a l'air modeste mais qui ne l'est pas. Je ne veux pas aller à la jardinerie et demander quelles sont les plantes d'extérieur et celles d'intérieur. Je ne veux pas choisir le tissu des rideaux, ni la couleur des coussins, ni la taille de la bibliothèque. Ces tapis que tout le monde rapporte du Nord démontrent que tout est une invention. Je préfère vivre pour toujours en réfugiée, me glisser dans le lit des autres, petit-déjeuner dans des tasses étrangères, des tasses que je n'ai pas choisies et qui m'indiffèrent et ne même pas me rappeler le nom de la rue de la maison dans laquelle je me réveille. Je préfère m'étonner en ouvrant la fenêtre, me demander comment est le quartier, comment ce serait de vivre ici avec des tapis sans histoire, ou avec les histoires des autres parce que de toute façon tout est toujours partout tellement pareil. Le rouquin cesse de m'embrasser et il me regarde en silence. Je lui demande pardon, je lui dis que j'étais distraite parce que j'ai repensé à une chose. Lentement il s'approche à nouveau, il appuie tout son corps sur le mien et il promène ses mains sur mes bras. Une force irrationnelle me monte des pieds jusqu'à la racine des cheveux. Je l'étreins avec désespoir. Il dégrafe d'une main mon soutien-gorge par-dessus mes vêtements, il baisse une bretelle de ma robe et il m'embrasse une épaule. J'ai vraiment honte que quelqu'un puisse nous voir, je remonte la bretelle, je lui souris. Il m'attrape par la taille, pendant que nous nous embrassons il soulève lentement ma robe par le bas et je sens ses mains monter sur mes jambes jusqu'à accrocher ses doigts à ma culotte. Il me semble entendre mon nom dans le réfectoire. Dans une sorte de réflexe je le repousse et j'arrange mes vêtements, il dit quelque chose dans sa langue que je ne comprends pas. Puis il s'éloigne un peu, il allume une cigarette et il fume en silence en regardant la rue. J'essaie de lui parler mais rien ne sort et nous redevenons deux inconnus, mal à l'aise, aux abords d'une fête.

J'entends qu'à l'intérieur le Tucumanais m'appelle au micro : *que ma compatriote vienne chanter une* chacarera *avec moi !*, et il crie mon nom plusieurs fois. Je ne veux pas y aller mais quelque chose dans sa voix me fait de la peine ou me fait honte et je comprends qu'il ne se taira que si j'entre. Je dis au rouquin que je reviens et je retourne dans la fête. Le Tucumanais est étendu par terre le micro à la main, quelques-uns rient de lui, d'autres essaient de l'aider à se relever mais lui ne fait que répéter en espagnol : ma compatriote, que vienne ma compatriote. Ma compatriote qui est pleine. Je lui arrache le micro et je lui dis que c'est un crétin. Il se relève et il me parle en titubant.

– Fais gaffe avec ce Yougoslave. C'est un *bâratineur* de première.

– J'ai l'impression que tu es bourré.

– Et moi j'ai l'impression que tu es *unebôté.*

Il tombe à nouveau par terre. Je lui apporte un verre d'eau mais il ne réagit pas. Shanice danse pieds nus toute seule au milieu de la piste et elle ne prête attention à rien. Un Chinois m'aide à asseoir le Tucumanais dans un fauteuil où il s'écroule et nous insulte. Quelques étudiants ont déjà commencé à nettoyer les tables. Il n'est pas tard mais la fête a l'air de se terminer. Au fond je vois le faux Marcos assis à côté du Petit Chaperon rouge français qui a chanté la chanson de Britney Spears, ils bavardent en se regardant dans les yeux et je vois que sa main à lui caresse avec insistance sa jambe à elle. Ça me fait enrager et un peu sourire en même temps. Je les regarde tous dans la salle, ils sont en train de vivre ce dont ils se souviendront plus tard comme leur meilleur moment, leur époque d'étudiants, leur aventure à l'étranger loin des parents. Sans doute que dans dix ans ils seront largement mariés, ils auront des enfants, un bon travail, et ils se rappelleront avec nostalgie leurs jours à Heidelberg, des jours qui ne reviendront jamais. Mais moi je n'appartiens pas à ce groupe, moi je n'appartiens à aucun endroit. Même si je parcourais le monde entier à la recherche d'un lieu où me sentir chez moi. C'était une bonne soirée, je dis à Shanice qui ne semble pas m'entendre. Et je vais me coucher sans dire au revoir à personne.

III

Le lundi matin très tôt je reçois un message sous ma porte. Comme c'est écrit en espagnol je devine tout de suite que c'est du Tucumanais. Le message dit :

"Pardon de m'être donné en spectacle samedi. Je ne me souviens de pratiquement rien, beaucoup d'alcool. Hier j'ai dormi toute la journée. Je voulais te dire que je t'accompagne chez le docteur. Il faut que tu voies un docteur. L'hôpital de l'université a plusieurs bons gynécologues, j'ai vérifié. Je t'attends au petit-déjeuner, il y a les bretzels que tu aimes. Et après on va chez le docteur. Miguel Javier."

Est-ce que toutes les femmes enceintes vont chez le docteur dès qu'elles apprennent leur état ? Est-ce que c'est nécessaire ? Je me sens bien. Je n'ai presque plus envie de vomir et tout est plutôt normal. Je crois que le Tucumanais exagère mais dans le fond ça me fait très plaisir que quelqu'un se soucie de moi.

Lorsque nous entrons dans l'hôpital le Tucumanais se dirige résolument vers les guichets d'information, il prend un numéro et vérifie rapidement l'endroit où nous devons attendre et celui où se trouve le cabinet de consultation. Il y a trois couples qui attendent d'être reçus avant nous. La situation m'oppresse mais je contrôle mon impulsion de partir en courant. Le Tucumanais sourit d'un air compatissant et il me demande si je veux qu'il aille chercher un café. Je lui dis que non, puis je me mets à lui parler de certaines choses comme si j'y avais soigneusement réfléchi :

– Écoute, Miguel, je ne sais pas encore ce que je vais faire. Je suis loin de mon pays et dans moins de quinze jours je ne vais plus avoir d'argent. Un autre problème, c'est que je ne suis pas sûre de qui est le père. C'est probablement mon ex, mais il se pourrait aussi que ce soit quelqu'un d'autre. À cause de tout ça et parce que en ce moment, précisément en ce moment, je ne m'y attendais pas et parce que je ne sais pas du tout où j'en suis, peut-être, je n'ai pas encore décidé, mais peut-être que la meilleure solution serait d'avorter.

– *Téfôle.*

– Non. Aide-moi à dire tout ça au docteur. Nous sommes en Europe, il ne va pas être choqué.

Le Tucumanais reste pensif et son expression s'assombrit considérablement jusqu'à ce qu'on nous appelle pour entrer dans la salle d'examen.

Le docteur qui nous reçoit est un monsieur d'une soixantaine d'années, vêtu d'une blouse vert d'eau, et qui a une certaine ressemblance avec Barenboim, le pianiste. Il me demande mon âge, mon poids, si j'ai déjà été enceinte et les maladies que j'ai eues. Quand je lui dis que c'est ma première grossesse il me demande pourquoi j'ai attendu si longtemps et je comprends que je ne pourrai rien lui demander sur l'avortement. Je me rends compte aussi qu'il a cru d'entrée de jeu que le Tucumanais était mon mari. Il me dit de m'allonger sur une table d'examen derrière un paravent et d'enlever le bas. J'obéis en silence. Pendant qu'il me touche avec ses gants en latex je regarde le plafond et j'essaie de penser à n'importe quoi d'autre, j'ai envie de chanter une chanson dans ma tête mais je ne m'en rappelle aucune, alors je chante l'hymne national. Je le chante sans faire de bruit deux fois en entier et quand j'entame la troisième fois, au niveau de "*voyez sur le trône la noble égalité*" je sens qu'il me donne une petite tape sur le genou qui signifie qu'il a fini. Il retire ses gants et il dit que je peux me rhabiller, qu'il m'attend avec mon mari de l'autre côté pour parler de la grossesse. J'y vais avec mes tennis à moitié attachées et il se lance dans une espèce de monologue que ni le Tucumanais ni moi n'interrompons à aucun moment :

– Tout a l'air très bien. C'est une grossesse de six semaines environ. Il est conseillé de ne pas boire d'alcool et bien évidemment de ne pas fumer. Si tu es fumeuse et que tu as du mal à arrêter l'hôpital a des programmes d'aide gratuits. Pareil si tu prends de la drogue, tu dois arrêter immédiatement. Tu dois prendre de l'acide folique les deux premiers mois et mener une vie normale. Avoir une bonne alimentation, riche en légumes et en fibres et éviter l'abus de sucre et de sel. Pour les nausées tu peux prendre quelques gouttes d'une préparation qui est vendue à la pharmacie de l'hôpital avec l'ordonnance que je vais te faire maintenant. D'après mes calculs le bébé naîtra dans la deuxième semaine du mois de mars de l'année prochaine. Vous devez demander un rendez-vous pour revenir me voir dans dix jours, on fera la première échographie et vous pourrez écouter les battements du cœur de votre enfant. Je vous félicite, c'est un moment très important dans la vie d'un couple, vous avez cessé d'être deux individus pour devenir une famille.

Le Tucumanais m'invite à déjeuner à la cafétéria de l'université, dans quarante minutes il faudra qu'il aille en cours mais pour l'instant il est trop inquiet pour moi. Nous sommes passés par la pharmacie et nous avons acheté ce que le médecin m'a prescrit, maintenant nous nous asseyons à une table à côté de la fenêtre et nous demandons une assiette de légumes à la vapeur, une omelette et de l'eau minérale, d'après le Tucumanais c'est ce qu'il y a de plus sain dans la carte et de mieux pour mon état. Nous ne parlons presque pas pendant le repas. Après, dans une tentative pour me changer les idées, je lui demande des nouvelles de ses études, si ça avance bien, s'il apprend beaucoup de choses, si Tucumán lui manque. Il me raconte que les empanadas à la viande de sa mère lui manquent un peu, et sa sœur Marta Paula, qui est celle de ses six sœurs qui a toujours passé le plus de temps avec lui. Je pense au mauvais goût des parents pour baptiser leurs enfants. Marta Paula, tout attaché comme il le dit, est un prénom aussi horrible que Miguel Javier. Il me raconte que Marta Paula a trente ans et trois enfants. Qu'elle et ses enfants habitent avec leurs parents parce qu'elle est séparée et qu'elle travaille comme réceptionniste dans un hôtel appelé Miami, près de la gare routière de San Miguel de Tucumán. Que son ex-mari est un alcoolique et qu'il ne lui donne pas d'argent et que c'est lui, avant, qui l'aidait pour certaines dépenses mais que depuis qu'il est arrivé en Allemagne il n'a rien pu lui envoyer. Ses neveux lui manquent aussi. Avant de venir il a appris à jouer aux échecs au plus grand, qui lui ressemble beaucoup et qui a tout de suite compris avec une grande facilité. Miguel Javier a choisi d'étudier l'économie pour comprendre pourquoi la pauvreté existe, comprendre froidement et en profondeur ce qu'il a vécu toute sa vie, et ses parents avant lui et ses grands-parents avant ses parents. L'heure de son cours approche et on dirait qu'il n'a aucune envie de se lever, emporté par les récits sur sa famille et ses études. Je lui dis de ne pas louper son cours, que ce serait bête, alors il paie l'addition, il me salue d'un baiser sur la joue et il s'en va. Je reste là pour finir le café que nous venons de commander et profiter des rayons du soleil qui passent à travers la fenêtre. À mi-chemin le Tucumanais se retourne et il me salue à nouveau de la main. Je le vois dans le contre-jour en plissant un peu les yeux, je le salue d'une main tout en tenant ma tasse de l'autre. L'air sent bon le café, le ciel est bleu azur, le soleil réchauffe mon visage et l'espace d'un instant je me sens tranquille, comme si tout était à sa place, comme si tout était parfaitement en ordre.

Je regarde les tables, le sol, la porte. Je ne l'ai pas dit à Miguel Javier mais j'ai reconnu l'endroit dès que nous sommes entrés. C'est ici que nous avions l'habitude de déjeuner avec ma mère quand nous attendions que mon père finisse ses cours. Ce souvenir est tellement net qu'il me fait frissonner. C'est dans cet endroit que ma mère me parlait de Buenos Aires, de la vieille maison au coin des rues Entre-Ríos et 15-de-Noviembre où mes grands-parents nous attendaient, et son visage devenait parfois tellement grave qu'elle détournait vite le regard vers la fenêtre et elle m'ordonnait de finir la nourriture dans mon assiette pour que je ne la voie pas pleurer. Je ne sais pas si elle pleurait parce qu'ils lui manquaient, ou au contraire parce que le retour était proche et que la maison de la rue Entre-Ríos était vraiment laide, avec de la moisissure partout, de la poussière et du gras que rien ne semblait réussir à nettoyer. C'est dans cette maison que nous allions atterrir jusqu'à trouver un endroit et ça la rendait triste. Par la suite, elle se souviendrait toujours de ces années en Allemagne comme d'une des périodes les plus heureuses de sa vie. Un exil heureux, un exil dont on ne veut pas revenir, n'est pas un exil. Et pourtant elle est retournée à Buenos Aires comme on rentre à la maison et elle n'a plus jamais mis les pieds à Heidelberg, et moi non plus jusqu'à maintenant, alors que trente ans ont passé et que je suis plus vieille qu'elle lorsqu'elle regardait par ces mêmes fenêtres.

Et moi, qu'est-ce que je dois faire ? Rentrer à Buenos Aires, mettre un terme à ces vacances impulsives et luxueuses, reprendre le travail, louer un appartement pas cher et avoir l'enfant. L'enfant, je me dis, mais de qui ? Le mien, à l'évidence. Des nuages gris voilent le soleil. J'enfile mon blouson et je cherche quelques pièces dans ma poche à laisser sur la table. Non, je ne vais pas rentrer tout de suite, pas encore, je me dis, et je soupire de soulagement.

IV

Un groupe d'étudiants, une ambulance, deux voitures de police et plusieurs voisins bloquent l'entrée de la résidence. La première chose à laquelle je pense c'est un cambriolage mais j'écarte tout de suite l'idée. À mesure que je m'approche je vois les visages, les yeux grand ouverts, l'expression sidérée. Le rouquin émerge de cet amas de gens et il vient vers moi. Il me demande de m'asseoir, il dit que comme je suis enceinte peut-être que ce qu'il doit m'annoncer va perturber ma tension. Je lui dis qu'il peut parler tranquillement, que je suis très bien comme ça debout. La Japonaise s'est suicidée, dit-il en me regardant dans les yeux. *Quelle Japonaise?* je lui dis comme si je n'étais pas sûre qu'il s'agisse de Shanice, comme si je ne l'avais pas déjà pressenti mille fois en parlant avec elle, comme si l'espoir existait que ce soit une autre, une étudiante que je ne connais pas. Le rouquin me prend dans ses bras, il dit qu'il m'a souvent vue avec elle et qu'il est désolé. Ensuite nous rejoignons les autres et j'entends des bribes de phrases : on l'a retrouvée pendue, elle a laissé des lettres, il faut prévenir les parents. Un policier me dit que je ne peux pas entrer avant qu'ils aient fini d'examiner je ne sais trop quoi. Deux autres hommes interrogent Frau Wittmann qui se tient la tête et qui porte ensuite ses mains à sa bouche. Les étudiants se divisent en cyniques et hystériques. Les cyniques parlent du cliché du suicide des Japonais, les hystériques ont des crises de larmes soudaines et déchirantes. Le rouquin prend maintenant dans ses bras une Américaine qui fait partie de ceux qui pleurent et gémissent. Je marche pour m'éloigner de là, je voudrais aller à la rivière, respirer et être seule mais un homme vêtu d'un complet gris me rattrape avant que j'aie atteint le coin de la rue et il me demande de m'arrêter. Ils veulent m'interroger.

Nous revenons en marchant au milieu de la rue, ils ont dégagé l'entrée et aménagé le réfectoire de la résidence en une sorte de bureau de police, nous nous asseyons à la table où j'ai déjeuné deux ou trois fois avec Shanice. L'homme au complet gris sort un insigne et il me le montre. Je ne comprends pas ce qu'il dit mais ça revient au même. Je ressens une tristesse forte et inconnue et je voudrais que ce moment se termine vite. L'interrogatoire commence, on me demande mon nom, mon âge, mon état civil, ma profession en Argentine et ce que je fais ici. Devant mes hésitations à la dernière réponse l'homme au complet gris me rappelle qu'ici c'est une résidence pour étudiants. Je lui dis que je suis en train de faire les démarches pour m'inscrire à un master cette semaine. Il a l'air d'accepter ma réponse et il me demande quelle relation j'avais avec Shanice. Il ne l'appelle pas par son prénom mais "Mlle Takahashi". Je lui dis que je l'ai rencontrée quelques jours après mon arrivée et que nous avons souvent discuté ensemble.

– Vous pourriez décrire ces discussions ?

– Les décrire ? Je ne sais pas, ici par exemple nous avons pris notre petit-déjeuner certains matins. Elle était tout le temps joyeuse, elle souriait beaucoup.

– Vous a-t-elle mentionné un jour quelque chose à propos d'un problème ou de l'idée de se suicider ?

– Non. Oui. Enfin, elle m'a raconté que deux camarades de sa fac à Tokyo s'étaient suicidés, mais elle ne m'a pas parlé d'un problème.

– Mlle Takahashi a laissé deux lettres : une pour ses parents et une pour vous.

– Pour moi ?

– Oui. Cela vous surprend ?

– Oui.

– Je vais vous remettre cette lettre.

L'homme au complet gris sort d'une pochette en plastique une enveloppe sur laquelle est écrit mon nom. Il l'approche de moi en la faisant glisser lentement sur la table. J'ouvre l'enveloppe, dedans il y a une feuille blanche avec quelques mots écrits à l'encre noire. L'homme me demande de lire la lettre à haute voix.

"Je me suis bien amusée et j'ai oublié un peu la tristesse.

Tout ce qu'il y a dans ma chambre est pour toi.

Je t'embrasse pour toujours.

Shanice."

L'homme dit qu'ils feront un inventaire des affaires de Shanice et que sa chambre restera fermée jusqu'à ce que ses parents arrivent, qu'il me remercie d'avoir répondu à l'interrogatoire et que je peux me retirer.

Je suis inquiète et mon cœur bat fort, je voudrais que le Tucumanais revienne vite de son cours, je veux lui raconter ce qui se passe, j'ai besoin de parler avec quelqu'un, j'ai besoin de comprendre. Je perçois tout comme si j'étais sous l'effet d'une drogue. Je vois les étudiants flous, par moments l'espace semble se dilater et les voix résonnent avec des échos graves et lointains. Je m'assieds sur le seuil de la porte d'entrée et je reste là jusqu'à la tombée de la nuit. Si je n'étais pas partie tellement tôt ce matin peut-être que j'aurais parlé avec Shanice, peut-être qu'après le petit-déjeuner sa décision aurait changé. Mais ce matin fait maintenant partie d'un passé lointain. Le visage du docteur ressemblant à Barenboim cohabite déjà avec des souvenirs anciens : ma mère en train de pleurer dans la cafétéria de l'université, ma dernière nuit avec Santiago, le karaoké organisé par Shanice. Je peux sentir le temps se rompre en cet instant précis, comme s'il s'agissait d'un tremblement de terre qui ouvrirait la terre en deux, le monde connu s'éloigne pour toujours et ce qui reste est aride, incommensurable. J'ai mal au cœur. Je mets ma tête entre mes genoux, j'ai entendu quelque part que c'est bon pour stabiliser la tension. Je remarque que je suis en train de pleurer quand je vois les larmes tomber de mon visage et s'écraser sur le sol. Quelqu'un pose une main sur mon épaule, en levant la tête je vois le Tucumanais assis à côté de moi. Je sais tout, dit-il, et il me tend un mouchoir bleu ciel, très propre, qu'il sort d'une poche de son blouson.

V

Ce soir ma chambre me paraît plus grande. L'image de Shanice assise au bord du lit en train d'attendre, l'après-midi du test de grossesse, est tellement nette que je me retourne et j'essaie de dormir en regardant le mur. Son corps passera la nuit dans une morgue. Je me console en imaginant que les morgues d'ici doivent être des endroits propres, à la température idéale. Dans une ville aussi coquette que celle-ci même ces endroits-là ne doivent pas être désagréables. J'essaie de penser à autre chose, à n'importe quoi qui serait chaud, mais rien ne me vient. J'ai peur que la nuit soit longue. Je pioche par terre à côté du lit un des livres que j'ai apportés. Choisis au hasard, au moment de faire ma valise à Buenos Aires, j'ai pris quelques livres de ma bibliothèque que je n'avais jamais lus. J'allume la lampe, ce livre est *Enero* de Sara Gallardo. Il raconte l'histoire d'une fille modeste de la campagne. Elle a seize ans et elle est enceinte. Un malheur. Elle désirerait que le bébé soit de l'homme dont elle est amoureuse. Mais il est d'un autre. Je me souviens de Marta Paula, je veux dire, je me souviens de ce que le Tucumanais m'a raconté de sa sœur Marta Paula. J'imagine qu'en ce moment elle doit être en train de finir son service à la réception de l'hôtel Miami et je me demande comment elle rentre chez elle au milieu de la nuit ; si elle attend un autobus, si l'autobus la laisse à proximité, si en arrivant elle trouve ses enfants endormis ou bien en train de boire une infusion de maté prêts à partir pour l'école. Je me sens très fatiguée. Je regarde à nouveau ma chambre, elle est réellement plus grande et elle a changé. Sur les murs, collées au scotch, il y a des photos que je n'avais jamais vues : de Brad Pitt, d'Einstein, de Hello Kitty. J'essaie de les arracher mais ça fait sauter la peinture, je ne sais pas à quel moment quelqu'un est entré et les a mises là. Mais bien sûr, ça ne peut pas être ma chambre : la porte est de l'autre côté et le lit aussi. Quelqu'un, de dos dans un coin, fouille dans une énorme valise. C'est Shanice. Elle rit et elle sépare les T-shirts des chemises, les jupes des pantalons. J'ai peur mais ça me fait également plaisir de la revoir. Elle est joyeuse comme toujours. Shanice me regarde et ma peur s'en va. Elle me demande de l'aider à mettre de l'ordre dans ses vêtements, qui sont tous pour moi. Elle me montre les étiquettes de chaque T-shirt et de chaque robe, des vêtements achetés à Tokyo, à New York, à Paris, à Francfort. Je n'ai jamais eu d'habits aussi beaux. Je me dis que si la grossesse se poursuit, dans quelques mois plus rien ne m'ira et je trouve ça dommage. Shanice sort de la valise une écharpe fuchsia très longue. Elle se met à l'enrouler autour de mon cou et elle dit qu'elle me va très bien. Elle répète plusieurs fois qu'il faut que je me couvre car l'automne va bientôt commencer en Allemagne. L'écharpe me serre et je suffoque de chaleur. Mes bras pendent sans force. Elle remarque mon étouffement, elle essaie de me l'enlever mais elle n'y arrive pas, ses mains sont très froides et ses doigts fins et raidis. Elle dit qu'elle va demander des ciseaux à Frau Wittmann, de ne pas m'inquiéter, qu'avec elle coupera la laine et qu'elle me l'enlèvera. Je me désespère, Shanice est morte et personne ne donnerait des ciseaux à un mort. Je me réveille très agitée, la lumière de la lampe est allumée. Je ne peux pas rester couchée. Je sors du lit, je m'habille rapidement et je descends au réfectoire avec le livre de Sara Gallardo. Il est trois heures du matin. Je lis jusqu'à l'aube. Quand je regagne ma chambre ça fait longtemps que le jour est levé.

Je me réveille à midi, Frau Wittmann m'intercepte dans l'escalier et elle me dit d'un ton inquiet qu'il me reste trois jours pour présenter un certificat de scolarité. Je lui réponds quelque chose rapidement, je sors des excuses mais je finis par lui assurer que je l'apporterai. Elle dit ensuite que les parents de Shanice arriveront cet après-midi et qu'ils veulent parler avec moi.

Je sors et je commande un café sur la Markplatz, au même endroit où j'ai déjeuné le jour de mon arrivée. Ce matin-là je ne savais rien de ma grossesse et je n'avais pas non plus rencontré Shanice. J'avais les cheveux longs jusqu'à la taille et ils étaient lourds comme une cape de tristesse. Ce jour-là je croyais que je n'allais pouvoir communiquer avec personne mais ensuite la langue a surgi d'une partie endormie de mon cerveau et je peux maintenant parler avec tout le monde. Dans l'après-midi je verrai les parents de Shanice. Que dit-on à deux personnes qui viennent de perdre un enfant ? Cette pensée fait naître en moi un frisson qui parcourt toute ma colonne. En vérité je n'ai aucune idée de qui était Shanice, ni de pourquoi elle a voulu me laisser ses affaires. Nous avons quelquefois bavardé ensemble, elle riait beaucoup, et c'est tout. Et l'épisode du test de grossesse, qui fut bref parce que je lui ai immédiatement demandé de me laisser seule. Hier le Tucumanais a dit quelque chose qui m'a fait sourire : les Japonais sont mystérieux, il ne faut pas chercher à les comprendre. Je paie le café et je marche le long du Neckar. Des touristes italiens me demandent de les prendre en photo. Quand je leur rends l'appareil ils me demandent d'où je viens, et pendant un instant je ne m'en souviens pas.

Trois

I

M. et Mme Takahashi me saluent en tendant la main d'un air triste mais aimable. Nous nous asseyons dans l'entrée de la résidence, sur les fauteuils où des étudiants s'embrassaient le soir du karaoké. Frau Wittmann nous apporte un thé et nous laisse seuls. M. et Mme Takahashi me posent des questions sur les derniers jours de Shanice ; ils n'ont pas l'air de chercher des explications à sa mort mais plutôt quelques images d'elle en plus à garder dans leur mémoire. Nous parlons en anglais, eux d'une manière douce et fluide, et moi agitée, embarrassée, en pesant longtemps chaque mot, chaque forme verbale. Je dis tout avec précaution. Mais il n'y a pas beaucoup à dire. Je revois dans mes souvenirs chacune de mes rencontres avec Shanice et je les enrichis avec des détails qui pourraient leur paraître sympathiques. Entre deux phrases nous restons de longs moments en silence, nous échangeons des sourires amers et nous changeons de sujet pendant quelques instants, nous parlons du climat en Allemagne, du voyage depuis Tokyo, de l'enfance de Shanice, une petite fille qui n'a jamais manqué de rien. Mme Takahashi me remercie du temps que j'ai passé avec sa fille. Elle t'appréciait vraiment, dit-elle. Je pense que c'est absurde, que c'est une affection non méritée, que la connaissance qu'elle a eue de moi a été tellement fugace que tous ces sentiments n'ont sûrement été qu'une invention de son imagination. Par pudeur je ne leur dis pas qu'entre nous ça n'allait pas jusqu'à être de l'amitié et je me surprends à agir comme si sa perte était pour moi presque aussi douloureuse qu'elle l'est pour eux. Mais à mesure que la conversation avance, que je vois sur leurs visages les traits de Shanice, je sens qu'elle me manque vraiment, que je veux la voir, que son absence me blesse profondément moi aussi.

Il n'y aura pas de veillée funèbre et ils ont décidé de l'enterrer ici à Heidelberg. Pour une raison étrange ils considèrent que dans cette ville où elle s'est suicidée, leur fille a été heureuse et qu'elle aurait voulu que les choses soient faites ainsi. Mme Takahashi me demande de l'aider à choisir les vêtements avec lesquels ils habilleront le corps pour l'enterrement. Ensuite elle me dit qu'elle et son mari ont appris pour la lettre, et qu'ils vont respecter les désirs de Shanice. Une fois que nous aurons mis la robe de côté, le reste de ses affaires est pour vous, dit M. Takahashi. Et pour ton petit enfant à naître, dit sa femme. Et elle ajoute en inclinant la tête, Shanice nous a laissé une longue lettre, dedans elle raconte comment elle t'a aidée avec le test de grossesse et que cet après-midi-là elle s'était sentie utile et émue, que ç'avait été un grand jour.

Nous sommes quelques étudiants, deux professeurs, Frau Wittmann, M. et Mme Takahashi et moi-même à aller à l'enterrement. C'est un matin d'un gris plombé, la cérémonie est mélancolique et parfaite. On dirait la fin d'un film très triste. Le Tucumanais arrive en courant, il s'arrête à côté de moi et je me rends compte que la scène change brusquement, qu'avec lui surgit un élément dissonant, strident. Je n'ai pas trouvé de chaussures noires, me dit-il à l'oreille. Je vois qu'il est habillé en noir et qu'il porte des mocassins marron clair. Ses efforts vestimentaires provoquent en moi un rire que je contiens de toutes mes forces. M. Takahashi pleure maintenant et il dit quelques mots en japonais. Nous ne comprenons pas ce que ces mots veulent dire mais nous savons tous que ce qui sort de sa bouche est un hurlement de chagrin. Je serre très fort la main du Tucumanais. Il se fait en chacun un silence oppressant. J'en vois qui baissent la tête et qui plongent leur regard dans la terre qui recouvre Shanice, fouillant de leurs yeux les mottes de terre fraîches comme si le mystère du monde se cachait dans cette parcelle de sol retourné.

II

J'essaie de dissimuler ma surprise, mais la quantité de choses qu'il y a dans la chambre de Shanice me paralyse. Sa mère est en train de trier les objets et elle les inventorie sous mes yeux. La tâche semble lui apporter un peu de réconfort et pendant de brefs instants je crois même qu'elle la distrait. Je lui dis timidement que je ne mérite pas toutes ces choses. Elle m'interrompt abruptement, elle agite les bras comme le faisait Shanice et elle dit que je ne peux pas refuser, que c'est tout décidé, que ces choses n'auront de valeur qu'entre mes mains et sinon elles iront à la poubelle. M. et Mme Takahashi sont riches, je pense. N'importe qui pourrait s'en rendre compte. Dans la chambre de Shanice il y a : deux appareils photo, un smartphone, un ordinateur portable, un iPod, un iPad, un de ces appareils pour télécharger des livres électroniques, un lecteur portable de DVD, un sèche-cheveux, une mallette de maquillage, un coffret avec des boucles d'oreilles, des bracelets, des barrettes et des colliers, cinq paires de chaussures, trois paires de sandales, trois paires de tennis, cinq jeans, deux pantalons en lin, deux manteaux en laine, deux blousons imperméables, huit chemisiers, onze T-shirts, sept robes, six pull-overs, deux écharpes, une montre-bracelet, un mug isotherme, trois carnets, un épilateur électrique, une poupée Hello Kitty, un dictionnaire allemand-japonais, des lunettes de lecture, des lunettes de soleil, une collection de cartes postales de châteaux, un plan d'Heidelberg, un plan de Francfort, une grammaire allemande, une grammaire espagnole, des magazines de mode, deux portefeuilles, un sac, deux valises.

Quand elle termine son inventaire Mme Takahashi est épuisée mais son visage a changé, elle a l'air plus jeune et fringante. Nous avons tout mis dans des cartons et maintenant je suis censée porter tout ça dans ma chambre. Elle dit qu'elle ira à son hôtel se reposer un moment et qu'elle passera me chercher dans l'après-midi pour prendre le thé. Je ne sais pas comment remercier pour ce cadeau énorme, je me sens bizarre, un peu gênée. Mme Takahashi sourit et elle me dit que ce que je ne veux pas garder je n'ai qu'à l'offrir ou le jeter, puis elle s'en va à petits pas pressés. Je frappe à la porte du Tucumanais pour lui demander de m'aider à porter les cartons. Il m'ouvre avec un livre à la main et un crayon dans la bouche, il est toujours en costume mais il s'est déchaussé. Il me dit de l'attendre, qu'il vient tout de suite. Quelques minutes plus tard il sort de la chambre avec les cheveux mouillés et coiffés en arrière, il a mis des tennis et il a l'air content. Il court devant moi dans le couloir comme un enfant qui va chercher les cadeaux que les Rois mages ont laissés pendant que tout le monde dormait.

Miguel Javier est plus enthousiasmé que moi par l'héritage que j'ai reçu. Pendant que nous vidons les cartons dans ma chambre il pousse des exclamations comme : sans blague ! Elle est blindée la Jap ! Je le regarde avec sévérité, il s'excuse mais ensuite il me dit que le suicide des riches le révolte, qu'il le respecte mais que ça le révolte. J'ouvre le carton de chaussures et je vois qu'elles vont m'aller petit. Je demande au Tucumanais la pointure de Marta Paula. Il me dit qu'il ne s'en souvient pas mais que ces chaussures lui iront certainement et nous commençons à préparer un paquet pour l'envoyer à Tucumán.

Nous remplissons le colis avec les chaussures et quelques vêtements. Ensuite nous nous mettons à examiner les appareils photo et le téléphone portable de Shanice. Il y a des vidéos dans lesquelles elle s'est filmée elle-même en train de ranger sa chambre, de prendre des notes pendant les cours, d'acheter des chaussures, de monter au château. Dans certaines elle parle en japonais, dans d'autres en allemand, elle décrit chaque chose que nous voyons avec un enthousiasme exagéré. Je ne sais pas si elle projetait de les envoyer à quelqu'un ou si elle aimait juste se regarder. Les vidéos sont ennuyeuses et assez stupides, mais celle du château est différente, celle-là est belle. Shanice monte dans le funiculaire, on voit quelques touristes qui sourient et ensuite la ville d'en haut pendant qu'elle fredonne une chanson en japonais, c'est une mélodie enfantine, mélancolique, bien chantée et très jolie. Je me rappelle ma montée à pied au château avec le Tucumanais et sa prédiction de ma grossesse, je me rappelle aussi les fois où j'y suis montée dans mon enfance, ce sont des souvenirs flous et heureux mais ils ont eux aussi quelque chose de mélancolique. Je me demande si Shanice avait déjà décidé de mourir ce jour-là. Je la vois entrant dans l'une des cours du château, elle filme ses chaussures, ce sont des chaussures bleues très jolies que nous venons de mettre dans le carton pour Marta Paula. Ces chaussures fouleront bientôt les tapis défraîchis de l'hôtel Miami, le sol de la vieille maison de Miguel Javier, les rues du quartier Palmeras. Je ne savais pas qu'il y avait un endroit appelé comme ça, je le lis sur l'adresse que le Tucumanais a écrite sur le paquet que nous avons préparé. Hôtel Miami et quartier Palmeras, je ne sais pas si Miguel Javier remarque l'absurdité que ces noms peuvent comporter. À un moment de la vidéo, Shanice s'arrête pour filmer un mur du château, c'est une ruine couverte de lierre. La prise est très longue et ne varie à aucun moment, elle dure dix-sept minutes. Le Tucumanais répète : les Japonais sont mystérieux, il ne faut pas chercher à comprendre.

Comme elle l'avait annoncé, Mme Takahashi passe me chercher quelques heures plus tard pour aller prendre le thé. Elle a changé de vêtements, elle porte maintenant une robe claire très différente de l'habit sombre et pesant qu'elle a mis à l'enterrement. J'ai très sommeil et j'aimerais rester faire une sieste mais j'accepte l'invitation sans hésiter. Nous marchons jusqu'à la Markplatz, je lui montre l'endroit où j'ai pris mon petit-déjeuner le jour où je suis arrivée, je lui raconte comment c'était ce matin-là, ma longue promenade dans des endroits où j'ai vécu la première partie de mon enfance et dont je ne me souvenais presque pas. Mme Takahashi est intéressée par tout ce que je lui raconte et elle le démontre en ouvrant grand ses yeux bridés et en souriant devant chaque chose qu'elle trouve sympathique. Elle m'interrompt brièvement pour faire des commentaires sur la beauté de la ville et combien ça l'enthousiasme de découvrir de nouveaux endroits. Elle signale une chose à chaque coin de rue, tout lui semble fantastique. Son attitude pourrait être très normale vue par quelqu'un qui ne saurait pas qu'elle a fait le voyage pour enterrer sa fille unique ce matin. Quand nous sommes sur le point d'entrer dans le bar elle me demande s'il n'y aurait pas un endroit avec plus de jeunesse. Je ne comprends pas sa question et je dois lui demander de me la répéter plusieurs fois. Quand j'arrive à saisir je lui propose d'aller à la cafétéria de l'université, qui est pleine d'étudiants. Elle sourit avec tout son visage et elle agite les bras en s'exclamant : *oui, oui, je veux aller là !* Et c'est là que nous allons.

Mme Takahashi est fascinée par l'endroit. Elle commande une infusion aux plantes et du gâteau aux poires pour nous deux. Nous sommes entourées d'étudiants dans la vingtaine venus des quatre coins du monde. Peut-être que l'un d'eux était un camarade de Shanice. Mme Takahashi les observe avec sa tasse à la main, elle me dit: cette année j'aurai soixante-deux ans, *tu peux croire ça?* En réalité elle semble beaucoup plus jeune. Sur son visage il n'y a pratiquement pas de rides et son regard a un éclat toujours neuf et avide. Je ne sais plus de quoi discuter, je parle du thé, du gâteau, des délicatesses de la pâtisserie allemande. Elle regarde maintenant avec insistance un étudiant noir, probablement d'Amérique centrale. Elle le regarde d'une façon qui commence à me mettre mal à l'aise et elle me dit qu'il est très beau. Je souris en acquiesçant de la tête et je comprends qu'en cet instant nous sommes devenues, du moins pour elle, des amies intimes et qu'à partir de maintenant tout va devenir de plus en plus bizarre. *Tu crois que les étudiants étrangers ont plus de relations sexuelles que les Allemands?* me demande-t-elle. Je me souviens de l'Albanais et de notre intrépide et fugace rapprochement. Je ne sais pas, je n'ai pas encore pu le vérifier, je lui réponds. Mme Takahashi me raconte que quand elle était enceinte de Shanice elle ressentait des désirs sexuels pour tous les hommes qu'elle connaissait, peu importe qu'ils soient laids ou de la famille, et elle rit aux éclats. Puis elle se calme et elle me dit qu'elle a toujours été fidèle à son mari et qu'elle le regrette, que la vie est très courte et que le sexe est la meilleure des expériences qui puissent nous arriver. L'étudiant noir prend un café à la table d'en face avec un groupe de jeunes qui rient et s'échangent des photocopies, et de temps en temps il lève la tête et nous adresse de brefs regards. Je me demande ce que M. Takahashi peut bien faire en ce moment, s'il a réussi à s'endormir, s'il arrive à se reposer, s'il a fermé les volets de sa chambre d'hôtel pour être dans le noir, s'il est en train de pleurer. Je parle à Mme Takahashi des vidéos de Shanice, je lui demande si elle les veut, si elle veut que je les lui copie, je lui dis qu'il y en a une particulièrement belle quand elle monte au château. Elle me raconte que Shanice avait l'habitude de leur envoyer ce genre de vidéos et que ce n'est pas la peine de les lui copier. L'étudiant noir se lève et s'en va avec ses camarades, Mme Takhashi le suit du regard et il tourne un instant la tête pour la regarder. Elle soupire, elle boit une gorgée de thé, et au bout d'un moment elle me dit qu'elle veut prolonger son séjour à Heidelberg d'une semaine ou deux, que son mari doit retourner à ses occupations à Tokyo mais qu'elle a décidé de rester. *Tu fais quoi demain ?* me demande-t-elle. J'essaie d'inventer quelque chose rapidement mais je n'y arrive pas. Rien de spécial, je lui dis. Je veux connaître ce château, dit-elle, et elle me demande si je veux bien l'accompagner, elle passera me chercher de bonne heure.

III

Ma chambre est remplie des affaires de Shanice, elles sont étalées par terre et sur le lit. Je n'avais pas pris conscience de la valeur de chaque objet jusque-là, mais je suis ravie d'avoir à nouveau un ordinateur portable. Je crois que je vendrai l'un des deux appareils photo, cet argent me permettra de payer la résidence le mois prochain. J'ouvre l'ordinateur de Shanice, des centaines de documents se déploient devant mes yeux, la plupart en japonais. Il y a un dossier avec des photos de son enfance, sur beaucoup d'entre elles on la voit avec son père. Une jolie petite Japonaise joufflue posant dans un parc d'attractions, chez un marchand de glaces, dans une gare. M. Takahashi avec vingt ans de moins, réellement beau. Et son épouse ? La mère de Shanice n'apparaît sur aucune image.

Je devrais sauvegarder tous ces documents et faire du ménage dans l'ordinateur pour pouvoir l'utiliser. Avoir à nouveau un ordinateur me permettra, en principe, de me connecter avec Buenos Aires. Mais la fatigue me prend tout entière et même si je voulais rester éveillée je n'ai pas le choix. C'est peut-être à cause de la grossesse, je pense. Je m'endors en murmurant des choses que je ne comprends pas.

Il pleut. Mme Takahashi n'est pas venue. Pendant que je termine mon petit-déjeuner dans le réfectoire j'envisage de retourner dormir. Je me souviens des documents de Shanice, hier je suis restée jusqu'à trois heures du matin à essayer de déchiffrer ses archives. Et pendant que j'étais en train de le faire, je n'entendais plus cette voix constante en moi qui demande : qu'est-ce que tu vas faire ?

Je suppose que Mme Takahashi ne viendra plus, qu'elle a reporté la promenade à cause de la pluie. Maintenant que j'ai un ordinateur portable et que je peux me connecter à Internet je devrais répondre à mes mails. Cette idée suffit à m'assombrir d'un coup. À Buenos Aires je le faisais tous les jours, mais ici tout est différent, ici le temps avance d'une façon étrange et rien n'est pareil. Est-ce que je pourrai disparaître encore longtemps d'Internet, de la vie des autres, et laisser s'accumuler les mails des gens qui demandent des explications, qui expriment des préoccupations, qui réclament des choses dont je ne me souviens pas ? Est-ce que je pourrai repousser encore longtemps mon retour ? Et si finalement tout le monde m'oubliait ? Quelqu'un d'oublié est comme un mort, et personne ne voudrait voir les morts revenir dans le monde des vivants. Presque sans que je m'en aperçoive Frau Wittmann s'assied à ma table et elle me demande mon certificat de scolarité. Sa voix me secoue. Je lui dis que cet après-midi je le lui apporterai. Je sors dans la rue vêtue de l'un des blousons imperméables de Shanice et je marche vers l'université en quête d'une solution.

IV

Une secrétaire grande et blonde me reçoit dans le bureau des étudiants de l'université. Je lui explique que je voudrais m'inscrire à un séminaire de troisième cycle, de préférence en rapport avec la littérature ou l'histoire ou n'importe laquelle des humanités. Je sais que ma demande a quelque chose d'absurde, que ces choses-là ne se font pas comme ça. La secrétaire me regarde, impassible et silencieuse. Je pense qu'elle est en train de réfléchir à l'aspect douteux de ma requête, à mon accent étranger, qu'elle s'efforce de trouver un sens à mon apparition. Elle me montre des dossiers, des formulaires, des calendriers. Elle essaie d'être aimable mais elle est stricte : le cycle universitaire a commencé et les cours ont clos leurs inscriptions. J'aimerais lui demander s'il n'y aurait pas peut-être une formation, quelque chose en dehors du cursus, mais elle est déjà retournée à ses occupations et elle ne me regarde pas. J'ai la tête qui tourne. Je sors pour chercher de l'eau et m'asseoir dans un coin. Je vois que dans la salle attenante au bureau dont je viens de sortir on est en train de faire cours avec la porte entrouverte. J'entre et je m'installe sur l'un des derniers sièges libres. Personne ne remarque ma présence. C'est un énorme amphithéâtre en bois, ancien, de forme semi-circulaire. Il me semble reconnaître l'endroit, l'odeur, j'ai l'impression d'être déjà entrée ici avant. Le professeur qui est en train de parler a un accent familier. Il parle un allemand très correct mais ses "r" et la cadence de ses phrases me semblent argentins. Je demande à une fille assise devant comment s'appelle cette matière. Pensée latino-américaine, dit-elle. Et il se produit quelque chose que je pourrais seulement expliquer comme un miracle. Je reconnais le professeur. C'est Mario, un ancien élève de mon père qui a longtemps vécu avec nous, ici à Heidelberg. Il avait fui l'Argentine après la perquisition de sa maison et il avait appris la langue et terminé ses études ici. Nous allions manger des glaces sur la Markplatz avec lui et je lui apprenais à demander les parfums en allemand. Je suis montée plusieurs fois au château avec lui et chaque fois que nous y montions il me racontait une histoire qu'il inventait. Il y en avait une que j'aimais beaucoup, maintenant je ne m'en souviens plus bien, mais je sais qu'il s'agissait d'une princesse appelée

Blancaflor qui avait fait un gâteau dans le four de la cuisine du château et le gâteau avait grossi jusqu'au plafond en faisant pression et en cassant tout. Cet homme qui est là en train de parler de je ne sais quelle théorie d'Astrada c'est Mario, le garçon nerveux qui se rongeait les ongles, celui qui pleurait d'émotion quand il recevait des lettres de Buenos Aires, celui qui faisait la vaisselle en sifflotant, celui qui m'a appris à peler une orange en spirale. Cet homme un peu vieilli et dégingandé, aux lunettes aux verres épais et à la voix éraillée que tous écoutent avec attention a été mon premier ami.

Mario nettoie ses lunettes, il les remet, il me regarde à nouveau. Je viens de m'approcher au milieu des élèves qui lui parlent de dates d'examens et de bibliographie, je lui ai dit Hola Mario et son visage est devenu tout rouge. J'imagine qu'ici personne ne doit l'appeler par son prénom et que très peu doivent lui parler en espagnol. Il essaie de reconnaître qui je suis, il sourit timidement, il murmure des mots et des phrases à moitié. C'est impossible qu'il puisse me reconnaître, la dernière fois qu'il m'a vue c'était il y a presque trente ans. Mario me serre dans ses bras. Maintenant celle qui rougit c'est moi, je ne peux pas croire qu'il me reconnaisse. Nous rions, nous nous serrons à nouveau. Des étudiants s'approchent, ils l'appellent Herr Professor et ils lui parlent d'un article qu'ils doivent lire pour la prochaine fois. Il me demande de l'attendre à la porte, il dit qu'il n'arrive pas à croire que je suis là, que c'est la plus belle surprise de ces dernières années.

Mario m'invite chez lui. En chemin il m'avoue qu'il a pu me reconnaître parce que je ressemble beaucoup à ma mère et parce qu'il y a quelque temps en arrière il m'avait cherchée sur Internet et il avait vu des photos. Il vit seul dans une maison assez grande qu'il loue depuis de longues années. Nous préparons des spaghettis à la sauce tomate et nous n'arrêtons pas de parler un seul instant. Je lui raconte tout: je parle de ma grossesse, de mes doutes quant au père, du suicide de Shanice, de mon ami le Tucumanais, de Mme Takahashi, de ma vie dans la résidence d'étudiants et de la demande de Frau Wittmann. Mario m'écoute avec une attention qui me remplit de tranquillité. Après manger il va chercher quelques boîtes et il commence à me montrer des photos et des lettres de notre ancienne vie à Heidelberg. Sur les photos je suis une fillette et il a quelques années de moins que moi maintenant. Il me raconte qu'il a réussi à s'adapter et qu'il a décidé de ne plus jamais retourner à Buenos Aires même s'il aurait dû le faire plusieurs fois. Il dit qu'il ne supporterait pas de se promener à nouveau dans cette ville, que son premier et grand amour a disparu en 1979 et que ses parents sont morts. Je comprends que Mario est homosexuel, qu'il l'a toujours été. Cet amour dont il parle était un très beau garçon aux yeux immenses et au visage joyeux, il y a plusieurs photos de lui que nous sortons des boîtes. Il dit qu'il ne pourrait pas être à Buenos Aires sans pouvoir le retrouver, en imaginant tout ce qu'on lui a fait, qu'il n'a pas le courage qu'ont eu les familles des disparus, qu'il pourrait devenir fou de chagrin. Il me raconte ça presque sans nostalgie, comme s'il était en train de m'expliquer les causes d'un phénomène possible à comprendre.

Il veut aller parler avec Frau Wittmann, se présenter comme professeur titulaire de l'université et lui garantir que je suis étudiante. Je lui dis que le moindre bout de papier qu'il pourrait m'obtenir suffira. Il me demande quel est l'intérêt de vivre là-bas. Je ne sais pas comment lui expliquer, être là-bas c'est comme être nulle part, c'est être seule mais avec beaucoup de monde, tout avoir sans être propriétaire de rien et passer inaperçue. Je lui réponds qu'être là-bas c'est économique. Il me propose de rester chez lui, il dit qu'il y a une chambre de libre et que je peux rester le temps que je voudrais, je le remercie et je lui dis que j'en tiendrai compte. Il insiste, il dit que quand la grossesse avancera ce sera mieux de ne pas être seule. Dehors il pleut toujours. Sur la nappe blanche sont restés étalés de vieilles photos et des papiers jaunis, au milieu des miettes de pain, des assiettes tachées de sauce tomate et des verres vides. Nous gardons le silence un moment puis nous débarrassons la table, nous rangeons chaque photo avec soin comme un trésor dont nous serions les seuls à connaître la valeur. Nous préparons du café. Mario me promet qu'il va régler aujourd'hui même cette histoire de certificat et nous nous sourions, nous savons que nous sommes un peu moins seuls et un peu moins faibles maintenant.

V

Mme Takahashi apparaît à la résidence dans la soirée. Je suis sur le point de monter dans ma chambre pour prendre un bain et me mettre au lit quand je la vois debout à la porte avec une robe noire et les lèvres maquillées d'un rouge intense. Je lui dis qu'à cette heure-ci je ne peux plus la faire entrer et elle me demande de sortir. Elle dit qu'elle est avec un taxi, qu'elle m'invite à dîner. Je lui dis que mes projets sont d'avaler une soupe et d'aller dormir mais elle m'implore, elle me supplie de l'accompagner. Nous montons dans le taxi. Je lui demande des nouvelles de M. Takahashi, elle me répond qu'il est parti ce matin pour Tokyo. *Où vont les étudiants le soir ?* me demande-t-elle avec anxiété. Je sais pas, je réponds sans cacher mon agacement. Elle pose la même question au taxi qui nous laisse dans un antre obscur et bruyant où l'on sert beaucoup d'alcool et peu de nourriture. Je me promets à moi-même que ce sera la dernière fois que j'accepte une chose pareille. Mais maintenant je suis là et je m'efforce de trouver un sens à tout ça. Je regarde la carte, il y a une boisson servie avec des chips et d'autres choses à picorer. Je demande au serveur de la préparer avec peu d'alcool, je le lui répète plusieurs fois parce que la musique est très forte. Mme Takahashi demande du champagne et des croquettes de poisson. Deux Allemands d'un âge indéterminé s'approchent de notre table et nous demandent s'ils peuvent s'asseoir avec nous. Mme Takahashi accepte. Le serveur nous apporte les boissons et les Allemands demandent de la bière. Qu'est-ce que vous faites dans le coin ? demande l'un d'eux. Sortie entre filles, répond Mme Takahashi. Oh, gut, gut, gut, dit l'autre et il nous demande pourquoi nous sommes à Heidelberg. Nous sommes des touristes, je réponds mais Mme Takahashi lève une main en m'interrompant : je suis venue à l'enterrement de ma fille qui était étudiante. Les Allemands la regardent avec surprise et ils lui demandent de répéter ce qu'elle a dit, il y a beaucoup de bruit et ils n'ont pas bien entendu. Elle répète en haussant la voix : je suis venue à l'enterrement de ma fille qui s'est suicidée il y a trois jours, mais c'est fini, maintenant sortie entre filles. Les Allemands se regardent déconcertés. Le serveur apporte les bières. Mme Takahashi propose un toast pour cette ville magnifique remplie de gens magnifiques. Nous levons tous les quatre nos verres, nous trinquons et nous buvons en silence. Ensuite l'un des Allemands, le plus grand, nous raconte qu'il fête la première année de son divorce et qu'il se réjouit de le faire avec des femmes aussi jolies. Mme Takahashi rit. Je commence à me sentir nauséeuse. Mme Takahashi se lève et elle danse à côté de la table, elle a l'air d'exulter. Le plus grand des Allemands l'imite maintenant et il danse avec elle. L'autre me regarde et il dit que je suis pâle. Je veux me lever mais je n'y arrive pas. Je lui dis que je me sens mal et je vomis sur ses chaussures ; l'Allemand crie, je vomis encore. Le serveur arrive et il nous insulte ; Mme Takahashi dit à tout le monde que je suis enceinte. Je lui demande d'appeler tout de suite un taxi et de me ramener à la résidence. D'un ton didactique, l'Allemand le plus grand déclare que les femmes enceintes ne doivent pas boire d'alcool. Mme Takahashi laisse plusieurs billets au serveur, elle sort à la porte et elle arrête un taxi. En chemin, nous gardons le silence un moment dans la voiture, puis elle me dit d'une voix grave : Shanice admirait son père mais elle avait peur de moi. Elle avait peur de devenir quelqu'un comme moi, mais elle a toujours été comme moi. Il n'y avait pas de solution. Elle a été très courageuse, tu ne crois pas ? Je lui réponds que je ne sais pas, que nous devons nous reposer, que ça a été des journées très difficiles. Le taxi arrive à la résidence, quand je descends l'air frais me ragaillardit. Je salue Mme Takahashi d'une main avant d'ouvrir la porte, elle me renvoie mon salut en bougeant à peine la tête dans la voiture et il me semble voir qu'elle pleure. Je referme la porte avant que le taxi s'éloigne.

Quatre

I

Au matin tout tourne. Je dois rester un moment assise sur mon lit avant de retrouver l'équilibre. Je pense que mon corps est en train de s'adapter aux changements et qu'il faut que je sois patiente. Je me sens bouffie et j'ai sommeil tout le temps. La brève sortie d'hier avec Mme Takahashi a été épuisante. Aujourd'hui, après avoir dormi toute la nuit, mes paupières sont encore lourdes et j'ai des fourmillements dans les jambes et les bras. Je voudrais rester toute la matinée à dormir mais j'ai convenu de passer chercher Mario à son cours. J'examine les vêtements de Shanice à me mettre, les miens sont presque tous sales. Je m'habille avec un T-shirt rose avec des cœurs et une jupe trop courte. À Buenos Aires je ne mettrais jamais une chose pareille. Ici je peux mettre n'importe quoi et en plus je suis trop fatiguée pour continuer d'essayer des vêtements. À la porte je salue Frau Wittmann, qui lit un journal. Elle lève les yeux et elle me regarde en souriant : changement de look, me dit-elle, et elle retourne à sa lecture.

J'arrive en avance, le cours n'est pas terminé. Je m'installe sur l'un des sièges proches de la porte. Mario lit un ouvrage de Carlos Astrada, en le traduisant. Je comprends quelques phrases séparément mais j'ai du mal à leur trouver un sens. Quand il termine le texte il répète le dernier paragraphe en espagnol, il lit d'une manière posée et claire : l'homme sera toujours acculé à sa grande péripétie terrestre : devenir un être humain, s'acheminer vers la plénitude de son être propre, en fonction de la relation que le champ temporel de son existence instaure avec l'être, au sein de son ipséité, en tant que permanence dans le processus de son humanité historique.

Puis il ferme le livre et il salue tout le monde jusqu'à la semaine prochaine, je m'approche de lui et nous nous regardons à nouveau avec étonnement et nous nous serrons brièvement dans les bras au milieu d'une salle de classe remplie d'étudiants tous très grands qui partent en quête de leur repas.

Nous déjeunons dans un restaurant très coquet où Mario ne va que pour les occasions spéciales. Il dit qu'il est important que nous parlions, qu'il a pensé à moi, que mon errance dans Heidelberg sans aucun projet, ni travail, sans communiquer avec Buenos Aires, sans affronter la situation avec mon ex, et cetera, et cetera, et cetera, lui semble de la folie.

Je remue le contenu de mon assiette avec la fourchette en l'écoutant. Les vêtements de Shanice me serrent un peu. Je voudrais regagner ma chambre, mettre ma chemise de nuit et dormir tout le reste de la journée. Mario fait maintenant une pause dans son long discours et il me regarde en attendant une réponse. Je lui demande si chez lui il a une machine à laver. Il répond que oui, bien sûr, que je peux l'utiliser quand je veux. Et nous restons silencieux un long moment. Maintenant il faudrait que je lui dise quelque chose qui le rassure, je cherche des phrases dans mon imagination qui serviraient à lui garantir que tout va bien, que je suis en train de faire un break c'est tout, que je retournerai à Buenos Aires et que tout rentrera dans l'ordre. J'essaie de m'en convaincre avant de parler, je m'efforce d'avoir l'air calme, de lui démontrer que malgré les circonstances tout est sous contrôle.

Pourquoi es-tu venue à Heidelberg? me demande-t-il avant que je puisse ouvrir la bouche. Je souris. Je ne sais pas, peut-être que toute ma vie j'ai idéalisé ces années de mon enfance, peut-être que je me souvenais de cette ville comme d'un endroit où le temps s'écoulait d'une autre façon. C'est ici que nous attendions que tout s'arrange pour pouvoir rentrer, et entre-temps, nous étions comme suspendus, loin, heureux. Mario me regarde en silence, je comprends que ces mêmes années ont signifié pour lui une chose très différente. Je me rappelle certaines phrases qu'il a lues aujourd'hui dans son cours et qui résonnent encore dans ma tête comme des ritournelles obsédantes : "la grande péripétie terrestre", "le champ temporel de l'existence". Je les lui répète avec sérieux, comme si les paroles d'Astrada expliquaient quelque part mon errance sans but, cette parenthèse dans ce moment de ma vie, cette suspension dans le temps difficile à comprendre pour toute personne adulte et responsable. Mario éclate de rire et il m'invite à revenir dans son cours quand je veux, il est ravi de savoir que quelque chose de ce qui s'y est dit me permet de réfléchir, même de façon erratique, et son inquiétude pour moi semble s'évaporer et nous demandons le dessert et nous projetons de futures escapades à Francfort, à Mayence, à Berlin.

– L'automne arrive, me dit-il quand nous sortons du restaurant. Tu as des habits chauds ?

– J'ai de tout, Mario. J'ai de tout.

II

J'emporte l'ordinateur de Shanice dans le réfectoire de la résidence. J'ai décidé d'ouvrir ma boîte mail et d'affronter tout ce qu'il pourrait y avoir dedans. Je n'ai pas voulu le faire dans la solitude de ma chambre, je ne sais pas pourquoi mais je préfère être ici entourée de gens, comme si ça me protégeait de quelque chose. Les voilà, tous, à l'écran : famille, amis, chefs, collègues de travail, personnes que je ne connais pas, avis bancaires, factures à échéance, publicités. Les voilà, à attendre tous une réponse, et moi de ce côté je les regarde sans avoir la force de répondre à un seul. Je m'avoue vaincue et je vais refermer l'ordinateur quand je distingue un nom dans cette longue liste de courriers menaçants. Le mail dit : Marta Paula Sánchez, Objet : merci pour les chaussures. Je l'ouvre, c'est un texte court mais rempli de mots qui apaisent tout à coup ma culpabilité de n'en ouvrir aucun. Marta Paula écrit qu'elle a reçu le colis que son frère lui a envoyé et qu'elle veut me remercier. Elle dit aussi qu'elle aimerait écrire à la première propriétaire des chaussures, mais que malheureusement elle sait qu'elle ne pourra pas le faire. Miguel Javier lui a raconté le suicide de Shanice et il lui a dit que la Japonaise avait plus de vêtements que toutes ses sœurs réunies. Elle me demande si je sais ce qui a pu lui arriver pour faire une chose pareille, le genre de vilaines pensées qu'elle a pu avoir. Elle me raconte qu'elle en a parlé avec ses collègues de l'hôtel et l'une d'elles dit qu'à tous les coups c'est à cause d'un amour non partagé, mais qu'elle, elle ne croit pas que ce soit pour ça. Plus bas elle prend congé en me demandant de bien vouloir lui répondre, quand je le pourrais. Qu'à l'hôtel où elle travaille il y a Internet, et pendant le service de nuit on lui permet de se connecter parce qu'il n'y a pratiquement pas de mouvements de voyageurs, qu'elle va attendre.

Répondre à Marta Paula ne me pose aucun problème. Mes doigts m'auraient semblé très lourds pour répondre à n'importe quel autre mail, mais pour celui-ci j'appuie sur les touches avec la rapidité d'une dactylo, comme si une voix frénétique me dictait les phrases dans lesquelles je dis que je ne sais pas pourquoi Shanice s'est suicidée, que je ne crois pas qu'il y ait une explication, que sa mère croit qu'elle l'a fait pour ne pas lui ressembler mais que tout est un mystère. Je lui écris qu'aujourd'hui je me suis habillée avec ses vêtements, mais que bientôt presque plus rien ne m'ira parce que je suis enceinte. Qu'il y a longtemps je me réjouissais à l'idée d'avoir des enfants, mais que maintenant non. Qu'il y a longtemps j'en voulais et j'avais convaincu mon copain, c'est-à-dire mon ex-copain, et que nous avons essayé pendant deux ans mais que rien n'est venu. Et qu'après je ne sais pas ce qu'il s'est passé, nous avons commencé à mal nous entendre, de pire en pire, et que je n'ai plus eu l'envie. Qu'un soir nous nous sommes disputés très fort, je ne me rappelle même plus pourquoi, et qu'il m'a dit qu'heureusement que nous n'avions pas d'enfants, que j'aurais été une mère épouvantable et il m'a dit encore des choses tellement horribles que j'ai senti que son âme avait pourri. Je suis sortie de la maison sans but et je me suis rappelé que j'étais invitée à l'anniversaire d'un type qui s'appelle Leonardo, avec qui j'étais en contact parce qu'il travaillait dans une agence immobilière et il nous avait aidés à louer notre appartement. Ce jour-là je l'avais croisé dans le métro et sans raison il m'avait invitée à son anniversaire. Et moi ce soir-là je suis allée à son anniversaire après m'être disputée avec mon copain, et il s'est réjoui de me voir arriver seule et je suis restée quand les autres sont partis, et nous nous sommes mis à boire la vodka qu'on lui avait offerte, et je suis restée toute la nuit et peut-être que je suis enceinte de lui, c'est très probable, mais je n'en suis pas sûre. Que récemment j'ai vu un docteur et qu'il paraît que tout va bien, qu'il m'a demandé pourquoi j'avais attendu si longtemps pour avoir des enfants et que j'aurais dû lui répondre qu'autrefois j'avais essayé mais que maintenant non, maintenant non, rien que d'y penser j'ai tout le corps qui tremble, que parfois tout me semble une blague, une blague cruelle mais une blague au bout du compte et ça me fait rire, et que j'ai peur de devenir folle parce que tout à coup je suis très contente, que j'ai peur de rester dans cette ville pour toujours, que peut-être je ne voudrais plus jamais rentrer à Buenos Aires. Je lui demande pardon, je lui écris que je ne sais pas pourquoi je lui raconte tout ça, que dans son mail elle m'interrogeait seulement sur le suicide de Shanice et je lui dis à nouveau que je ne l'ai pas connue suffisamment pour pouvoir lui répondre, que moi aussi j'aimerais bien le savoir.

J'envoie le mail sans le lire. Je le fais car je pense que si j'attends une seconde de plus je vais me défiler, je ne connais pas cette fille et je ne devrais pas lui raconter des choses aussi intimes. C'est pour ça que je le lui envoie immédiatement, pour ne pas l'effacer, parce que je ressens le besoin de tout lui raconter à elle qui est une étrangère mais que j'imagine une personne digne de confiance, et parce qu'à partir de maintenant j'attends sa réponse comme on attend le secours d'un ami.

III

Mme Takahashi apparaît à la porte. Elle est venue me voir. Elle est chargée de paquets. Elle dit qu'elle a fait des achats toute la journée et que comme elle était à côté elle voulait avoir de mes nouvelles. Je lui propose un café. Je vois qu'elle a les yeux larmoyants et le rimmel qui a coulé. Je pense : un café c'est tout, et après je lui demanderai de s'en aller, gentiment mais je le lui demanderai. Je sers le café dans le hall d'entrée et nous nous asseyons là où nous avons discuté la première fois que nous nous sommes vues. Les yeux de Mme Takahashi me parcourent entièrement et je me souviens que je porte les vêtements de Shanice. Ce sont les vêtements de Shanice, je lui dis en essayant de dédramatiser, je crois qu'ils sont un peu trop serrés pour moi. Mme Takahashi ne répond pas. Maintenant elle regarde un point fixe derrière moi et son expression semble celle d'une personne possédée par une force étrange. Je me retourne pour voir ce qu'elle regarde. Rien de spécial. Là-bas derrière il n'y a que le réfectoire et l'escalier qui conduit aux chambres. *Vous allez bien ? Mme Takahashi, vous allez bien ?* Je le lui répète plusieurs fois. Elle ne parle pas. Elle continue de regarder fixement le néant, ses petits yeux sont intenses et grand ouverts. Brusquement, quand je suis sur le point d'aller chercher de l'aide, elle me regarde, elle sourit, elle boit son café d'une traite et elle dit : je n'ai jamais visité Buenos Aires, tu crois que je devrais y aller ? Je lui réponds que c'est une ville intéressante, tandis que je réfléchis à ce que je dois faire, si je dois appeler quelqu'un, si elle peut être dangereuse. Maintenant, avec un naturel total, elle commence à ouvrir les sacs et les paquets qu'elle a apportés, et elle me montre une à une les choses qu'elle s'est achetées : un cendrier ancien, une petite poupée en porcelaine, une montre en argent, deux robes, un parfum. Je suis une âme vagabonde en quête de beauté, dit-elle comme si elle récitait un poème. Et ensuite elle se met à parler sur un ton euphorique : je me balade par-ci par-là en regardant les hommes jeunes et en achetant des objets magnifiques, je ne peux pas me plaindre. C'est dommage que l'après-midi soit devenu nuageux. À Buenos Aires il y a assez de soleil ? Avant je le détestais mais maintenant je suis amoureuse du soleil. Le soleil c'est la vie et c'est l'heure des aventures ! La fille est partie ? D'accord. Les mères aussi nous pouvons vivre où ça nous plaît. Tu connais la basilique Saint-Marc à Venise ? C'est une chose superbe, une œuvre d'architecture divine. Et à Buenos Aires, quel endroit je dois visiter ? Je veux danser le tango ! La fille est partie, je peux aller où je veux. C'est de notre faute parce que nous avons laissé libre cours à tous ses caprices. *Quels jolis vêtements tu portes !*

– Ils viennent d'Argentine ?

– Non, ce sont des vêtements de Shanice…

– De Shanice ?

– Oui, des vêtements qu'elle m'a offerts…

Mme Takahashi fait un petit bond sur son siège comme si quelque chose la secouait d'un coup. Je dois partir, dit-elle sans me regarder et elle marche précipitamment vers la porte d'entrée. Je lui crie qu'elle oublie ses affaires, elle ne m'entend pas. À travers la fenêtre je la vois qui monte dans un taxi et qui s'éloigne. Sur la table, à côté des tasses vides, restent éparpillés les paquets avec ses emplettes.

Frau Wittmann a allumé la radio, je rassemble soigneusement les paquets.

– Mme Takahashi a oublié ça…

Frau Wittmann me regarde en souriant, quelque chose l'amuse dans ce qu'on est en train de dire à la radio. La mère de Shanice a oublié de prendre ses affaires, je répète. Oh, nous appellerons son hôtel et nous la préviendrons, s'exclame Frau Wittmann. Quel est le nom de l'hôtel ? Le présentateur à la radio recommence à dire quelque chose de drôle et Frau Wittmann rit maintenant timidement.

– Je ne sais pas… Je ne me souviens pas du nom…

– Alors nous ne pourrons pas appeler. Ne t'inquiète pas, elle reviendra chercher ses affaires.

Penser que Mme Takahashi pourrait revenir d'un moment à l'autre m'angoisse et m'effraye. Je dis à Frau Wittmann que je ne l'ai pas trouvée bien, je lui raconte son regard perdu et la manière étrange dont elle s'est comportée cet après-midi. Frau Wittmann semble s'intéresser tout à coup, elle a oublié la radio et elle suit ce que je lui dis, en acquiesçant d'un air concentré à chaque chose que je parviens à lui expliquer. Alors nous garderons ses affaires ici à la réception et quand elle viendra je les lui donnerai moi-même, dit-elle. Je la remercie et je reste un moment encore à discuter avec elle. Nous parlons de Shanice, de la rapidité avec laquelle le temps passe et de l'automne qui est sur le point de commencer. Nous ramassons les paquets et je m'aperçois que Frau Wittmann s'immobilise pour observer la poupée en porcelaine.

– Elle est vraiment belle, dit-elle. J'en avais une comme ça dans mon enfance, en Hongrie. Je t'ai déjà raconté que j'étais née en Hongrie ?

– Non, je ne crois pas que vous l'ayez fait.

– C'était il y a très, très longtemps.

C'est, depuis que je suis arrivée ici, mon moment de plus grande proximité et intimité avec cette femme. Pendant qu'elle parle, j'observe ses yeux bleus aqueux et j'essaie de calculer son âge. Elle doit avoir soixante-dix ans ou peut-être plus. J'imagine son enfance à l'époque de la guerre, j'observe les rides autour de ses yeux, ses lèvres fines, son nez aquilin. Pendant un bref instant il me semble entrapercevoir la tête qu'elle a eue dans son enfance, ses traits s'arrondissent et les couleurs de son visage émergent sous une couche poussiéreuse de souffrances diverses et de joies modestes. Maintenant le présentateur recommence à dire une chose qui l'amuse et j'en profite pour m'en aller.

Quand je suis en train de monter dans ma chambre j'entends sonner le téléphone de la réception, Frau Wittmann décroche et elle répond en prononçant dans un espagnol horrible : oui, elle est là. Et elle s'approche de l'escalier pour me prévenir que j'ai un appel depuis l'Argentine.

IV

Je réponds en pensant que ce sera ma mère mais une voix inconnue prononce mon prénom et ensuite elle se présente d'un ton posé et timide :

– C'est moi Marta Paula, la sœur du Miguel Javier, celle des chaussures. On a lu le mail que tu m'as écrit avec les filles de l'hôtel, et… enfin voilà, on a pensé à la Feli qui est une voyante d'ici à Tucumán, dans le quartier de La Aguadita, et enfin voilà… on pensait aller lui demander pour ton enfant, pour que tu saches bien qui est le père et que tu te sentes plus tranquille. Comme j'avais le téléphone de là-bas par le Miguel Javier je voulais t'appeler pour te prévenir, enfin voilà… pour que tu sois tranquille. Demain je vais chez la Feli et après je t'appelle. Maintenant je raccroche parce que je suis en train de t'appeler du travail et c'est en longue distance. Je te dis bonne nuit et salue mon frère, si jamais il est par là. Ah, ne lui dis rien à propos de la Feli, parce qu'à lui ces choses-là ne lui plaisent pas, il est incapable de croire en rien. Dis-lui que j'ai appelé pour remercier pour le colis et… enfin voilà… Faut que je raccroche. On parlera plus tard. Ciao.

La nuit je rêve que j'entre dans un théâtre, c'est un théâtre ancien, abandonné. Tout est plein de poussière et le rideau est fermé. Je m'assieds sur l'un des fauteuils proches de l'allée et je ne quitte pas la scène des yeux, je sais qu'il y a quelqu'un derrière cette tenture, quelqu'un qui attend qu'il y ait du public pour faire son apparition. On entend des bruits. Je bouge sur mon siège et le sol grince. Alors le rideau s'ouvre, un vieil homme habillé en roi apparaît en marchant vers l'avant-scène. Il parle en anglais et je crois qu'il est en train de réciter une tirade d'une pièce de Shakespeare. Maintenant l'homme me regarde directement dans les yeux et il me demande si je le comprends. Il me le demande en allemand, moi, en espagnol, je lui réponds que oui. Je l'applaudis. Je ne sais pas quoi faire. L'homme habillé en roi me demande du haut de la scène si je sais jouer la comédie. Je crois que non, je réponds. Parfait, je t'apprendrai, dit-il. Il me demande de monter sur la scène et que nous répétions ensemble une pièce qu'il a écrite. Je monte, il me donne un livret et une couronne que je dois me mettre dans les cheveux. Les lumières m'éblouissent. Quand je regarde le parterre je vois que maintenant c'est plein de monde. Parmi toutes les têtes je crois distinguer Shanice. Je joue du mieux que je peux. Je pense à tout ce qu'aura traversé Shanice pour arriver jusqu'ici. L'homme me laisse seule sur la scène pour que je termine avec un monologue qui est écrit à la fin. Je me détache du livret et j'improvise un texte magnifique. Je parle d'abord en allemand et puis en japonais. Je conclus avec un harakiri symbolique, une danse émouvante qui soulève une explosion d'applaudissements prolongés. Quand les applaudissements se terminent, je descends de la scène par un petit escalier et je cherche la sortie du théâtre. Shanice s'approche de moi timidement et elle me félicite pour mon interprétation. Je la remercie. Ensuite elle me dit en espagnol avec l'accent tucumanais :

– Demande à la Feli.

– Demander quoi ? Pour ma grossesse ?

– Non, demande-lui pour ma mère... pour qu'elle te prévienne.

– Qu'elle me prévienne de quoi ?

– Qu'elle te prévienne que ma mère est remplie d'une tristesse très noire... et, enfin voilà, que ça peut entrer en toi.

Je me réveille tout à coup avec le cœur serré. J'ouvre les rideaux. Le jour n'est pas encore levé. Je vais à la salle de bain pour boire de l'eau et je retourne au lit. Je reste allongée en m'efforçant de me rendormir. Je touche mon ventre avec mes deux mains et je m'entends parler au pluriel, parler non seulement pour moi mais aussi pour la première fois pour nous : nous devons dormir encore un petit peu mais nous allons essayer de ne pas rêver à de vilaines choses. Restons calmes. Demain sera un autre jour et nous allons nous sentir mieux.

V

À midi Mario passe me chercher. Nous allons à une exposition de photos d'un ami à lui appelé Joseph. En chemin il me dit : le travail de Joseph vaut vraiment la peine. Je n'ai pas l'habitude d'assister à ce genre d'événements, mais c'est un travail significatif, solide. Tu vas voir, dans ce panorama d'artistes insipides ce gosse est une grande promesse. Avant d'entrer je le vois nerveux, excité et joyeux ; et ensuite quand nous entrons je remarque qu'il ne s'arrête presque pas devant les photos, il cherche quelque chose du regard, il cherche quelqu'un, il cherche anxieusement son ami Joseph qui s'approche enfin de nous avec un verre à la main et qui nous dit : je vous attendais, j'avais peur que vous ne veniez pas ! Et tous les deux se regardent un instant et je comprends qu'ils ont été ou qu'ils sont amants. Ou qu'ils sont sur le point de l'être. Que Mario est éperdument amoureux. Que Joseph doit avoir mon âge. En ce moment, pour eux, les gens autour n'existent pas. Même si maintenant ils arrêtent de se regarder pour s'intéresser à d'autres sujets, ils garderont les yeux de l'autre gravés dans leur dos.

Joseph n'a pas une tête d'Allemand. Je lis dans un programme qu'on m'a donné à l'entrée un bref résumé de sa vie et de son travail : "Türken in Deutschland est la première exposition de Joseph Shoeller. De père allemand et de mère turque, le photographe centre son œuvre sur le conflit existant entre les deux cultures…"

Une voix éraillée de femme prononce mon prénom dans mon dos. Que fait Mme Takahashi ici ? Je la salue effrayée. Elle dit qu'elle est venue me chercher à la résidence et Miguel Javier lui a dit que nous étions ici. Elle porte une robe de soirée noire, mais elle est négligée, comme si elle n'avait pas dormi et qu'elle portait ce vêtement depuis la veille au soir. Maintenant elle s'arrête devant l'une des photos et elle la décrit à haute voix : "Une famille turque, un père, une mère, un petit enfant et peut-être un oncle. Regarde la mère ! Elle est turque ! C'est une mère turque !"

Mario semble se réveiller de son envoûtement amoureux et il vient à ma rencontre, il me demande à voix basse qui est cette femme. Je lui réponds : la mère de la suicidée. Mme Takahashi nous regarde, j'étais convaincue qu'elle ne parlait pas l'espagnol mais maintenant j'ai un doute, dès que j'ai dit "la suicidée" elle s'est retournée et elle nous a regardés. Elle vient vers nous, elle demande à Mario s'il parle anglais, s'il la comprend et elle lui raconte qu'elle est venue à l'enterrement de sa fille et qu'elle a prolongé son séjour de quelques jours parce que cette ville lui semble merveilleuse.

Joseph s'approche de nous et il nous invite à dîner. Mme Takahashi dit aussitôt : je connais pas loin un excellent restaurant thaïlandais. Joseph sourit ; il avait pensé à quelque chose de plus modeste et économique, dit-il. Mme Takahashi s'exclame en faisant un geste avec ses mains : mon Dieu, c'est moi qui invite ! Je n'ai le temps de rien, ni de prévenir Mario de mes réserves sur Mme Takahashi, ni d'inventer une excuse pour disparaître. Les laisser seuls avec elle ne me semble pas juste non plus. Après tout elle est venue ici à ma recherche. Maintenant nous sommes en train de marcher en direction du restaurant thaïlandais. Mario marche un peu voûté et je me demande quand cela a pu se produire dans son corps. À quel moment il a cessé d'être un jeune réfugié argentin pour devenir un vieux *Herr Professor*. Son visage cependant est radieux. Il va devant avec Joseph, ils font des commentaires sur l'expo et ils rient comme des enfants. Mme Takahashi et moi restons un peu plus en arrière. Nous marchons en silence, nous observons le couple devant et je crois que nous ressentons toutes les deux un peu de jalousie, un peu d'envie, et Mme Takahashi rompt brusquement le silence d'un soupir et elle me demande si je ne crois pas que Joseph est très beau. Je réponds avec un sourire désabusé, mais immédiatement je comprends que Joseph est réellement éblouissant. Et même si je ne peux maintenant que le regarder marcher de dos, je me surprends à l'imaginer nu, à imaginer la chaleur de son corps près du mien, à imaginer que nous nous étreignons tous les deux, que nous roulons par terre et que nous rions comme des adolescents amoureux. Joseph se retourne et il nous demande si c'est bien la bonne rue. Il a des dents blanches comme un loup et de grands yeux noirs, avec de longs cils hérités certainement de sa mère turque. Oui, répond Mme Takahashi, nous sommes presque arrivés.

VI

Le dîner se déroule dans une totale normalité. Mario et Joseph proposent des sujets de conversation auxquels nous pouvons participer tous les quatre joyeusement. Le restaurant que Mme Takahashi a proposé est plutôt bien. Peut-être que cette vie que je suis en train de mener n'est pas si mal. Je suis à Heidelberg avec ces trois personnes qui sont, pourrait-on dire, mes amis. Quelqu'un qui nous verrait ici en train de manger et de rire ne dirait pas que c'est une vie difficile. Nous allons demander le dessert et Mme Takahashi se lève pour aller aux toilettes. Nous restons tous les trois silencieux un instant à regarder la carte. Je profite de ce moment pour leur raconter rapidement que je crois que Mme Takahashi est en train de traverser une crise aiguë. Ils trouvent que c'est une femme charmante et une personne très forte, admirable. Oui, non, non, ce que je dis, ce que je veux dire c'est qu'elle… Mme Takahashi revient des toilettes. Elle me regarde de ses yeux froids et vides, les mêmes yeux que j'ai vus hier après-midi à la résidence.

Je voudrais m'en aller. Pourquoi est-ce que je suis ici ? Qu'est-ce que c'est que cet endroit ? Comment demande-t-on ces desserts aux noms imprononçables ? Pendant une seconde, même Mario me semble un parfait étranger, un idiot souriant bêtement à un autre type que je ne connais pas. Un Turc au sourire charmant, que je ne peux pas m'empêcher d'imaginer nu, en train de me prendre dans ses beaux bras basanés.

Mme Takahashi demande à Mario où elle peut aller pour apprendre à danser le tango. Mario dit qu'il ne sait pas. Mais que ça doit être facile à trouver sur Internet.

Joseph appelle un serveur pour l'interroger à propos d'une chose de la carte.

Il faut que j'y aille, je leur dis. Tous les trois me regardent déconcertés. Ils ne nous ont pas encore apporté le dessert, dit Joseph. *Tu dois aller faire quoi ?* demande Mme Takahashi.

Rien, il ne me vient rien. Qu'est-ce que je pourrais aller faire moi qui suis quelqu'un sans activité, une personne qui a quitté sa maison et qui a renoncé à tout ce qu'elle faisait ? Une bonne à rien qui déambule dans une ville invraisemblable. Rien, je n'ai rien à aller faire. Mais je suis enceinte et ça peut servir d'excuse pour bien des choses. C'est que je me suis rappelé que demain j'ai rendez-vous chez le docteur et je dois me lever tôt. Je vais t'accompagner, dit Mario. Ce n'est pas la peine, je lui dis. Si, c'est la peine, demain je passe te chercher et je t'accompagne.

Cinq

I

La veille de notre voyage de retour à Buenos Aires, quand notre maison de la Keplerstrasse s'est remplie de philosophes et que je regardais le ciel en déchiffrant les constellations, Mario a pleuré dans la cuisine. Je l'ai trouvé en train de faire la vaisselle quand tous les invités étaient repartis et que mes parents finissaient de remplir valises et cartons avec des vêtements, des livres et quelques-uns des rares objets qui nous avaient accompagnés pendant nos années allemandes. Je l'ai regardé en silence alors que le jet d'eau du robinet dissimulait le bruit de ses pleurs. Quand il m'a vue plantée là il a séché ses mains et son visage avec un torchon, il a allumé une cigarette et il m'a demandé si j'allais lui écrire quand j'arriverais à Buenos Aires. Tous les jours, j'ai exagéré, moi qui ne savais pas encore écrire autre chose que mon prénom et quelques mots par-ci par-là. Et nous nous sommes serrés très fort. Entre cette embrassade et celle que nous nous sommes donnée récemment à nos retrouvailles trente ans se sont écoulés. Durant les premières années Mario m'envoyait des cartes postales de châteaux et il écrivait au dos de l'image une histoire qu'il inventait. J'attendais avec impatience ces lettres, qui sont aussi les premiers textes que j'ai appris à lire. Dans mon imagination il était allé, après notre départ, vivre dans l'un de ces châteaux et un jour j'allais venir le voir, nous allions nous marier et nous serions très heureux. Maintenant je pense qu'après la restitution de la maison de la Keplerstrasse Mario a dû vivre dans une pension pour étudiants semblable à celle-ci. Qu'a-t-il fait de sa vie jusqu'à devenir Herr Professor ? A-t-il eu des petits amis ? Et ce Turc si beau, quel lien peut-il avoir avec lui ? Pourquoi est-ce que je ne suis pas capable de le lui demander ?

Demain il viendra me chercher pour aller chez le docteur. Encore une fois je vais devoir en passer par tout ça : arriver dans cet hôpital, l'anxiété de l'attente, les gants en latex, les conseils que je n'ai pas demandés. Si seulement ce n'était pas nécessaire.

II

Des coups à la porte me réveillent. Il fait jour et bien sûr le réveil de Shanice n'a pas fonctionné ce matin. J'ouvre en chemise de nuit, Frau Wittmann debout devant ma porte avec les yeux grand ouverts dit que Herr Professor m'attend en bas depuis un bon moment. Je voudrais fuir, sauter par la fenêtre ou me cacher sous le lit pour continuer de dormir. Je remercie Frau Wittmann, je lui demande pardon de l'avoir fait monter et je lui dis que je descendrai tout de suite.

Mario m'attend assis dans le réfectoire en lisant le journal. À la table d'à côté Miguel Javier prend du café avec des œufs brouillés et du pain tartiné avec du Nutella. J'ai l'estomac qui se retourne et pour la première fois depuis mon arrivée je renonce au petit-déjeuner. Je salue Mario et le Tucumanais s'approche de nous :

– Où allez-vous de si bonne heure ?

– Chez le docteur.

– Alors je viens avec vous.

– Ce n'est pas la peine, Miguel, merci.

– Si, c'est la peine, ou tu oublies que le docteur m'attend moi aussi.

Ça amuse le Tucumanais de me contredire et ça l'amuse encore plus de jouer mon mari devant le docteur. Je le vois si enthousiaste que je lui dis oui, de venir. Il avale sa dernière tartine en quatrième vitesse, il met son blouson et il passe devant sur le chemin de la porte. Quand nous sortons dehors l'air frais nous frappe tous les trois au visage. L'automne est arrivé, dit Mario et nous marchons en silence jusqu'à l'hôpital.

On ne m'autorise à entrer dans la salle de consultation qu'avec un seul accompagnateur. La décision est difficile, mes deux amis me regardent avec avidité. Je réfléchis quelques secondes et je leur annonce que je vais entrer seule. Ils acquiescent de la tête et ils semblent approuver. Je les laisse là, assis dans la salle d'attente de l'hôpital pendant qu'à l'intérieur le docteur m'examine. Tout va bien.

– Veux-tu entendre les battements du cœur de ton enfant ? dit-il.

– Maintenant ? je lui demande.

– Bien sûr, maintenant, répond-il étonné.

J'aimerais lui dire que maintenant non, un autre jour, que je suis distraite et que je ne vais pas réagir comme il s'y attend. Il n'y a pas moyen d'expliquer cela à un docteur, et encore moins en allemand.

– D'accord, je dis.

Et de petits coups se mettent à retentir semblables à la pulsation d'une musique, une musique qui contiendrait cachées en elle toutes les mélodies du monde.

Je voudrais rester à écouter ce battement toute la journée mais le docteur s'est déjà assis à son bureau. Sur un ordonnancier il me note des vitamines et il me salue jusqu'au mois prochain.

Pendant ma brève absence Mario et Miguel Javier ont pas mal discuté. Je m'en rends compte parce que en retournant avec eux je remarque qu'ils ont sympathisé. Mario est en train de lui parler d'un cousin à lui qu'il aimait beaucoup qui était tucumanais. Miguel Javier ne peut pas croire que Mario ne soit pas retourné en Argentine depuis 1977.

– Peut-être qu'un jour je me déciderai, dit Mario avec un sourire triste, jusqu'à maintenant je n'ai pas voulu.

Le Tucumanais le regarde d'un air compatissant. Je me sens de très bonne humeur et je leur propose de sortir de l'hôpital et de poursuivre la promenade matinale.

III

Nous arpentons le Chemin des Philosophes, un sentier aménagé au début du XIXe siècle sur un versant à deux cents mètres de hauteur. Depuis cet endroit nous avons une vue splendide sur la ville, le château et la rivière. Il y a longtemps que je ne me suis pas sentie aussi heureuse. L'air automnal est réconfortant. Nous nous asseyons sur un banc au bord du chemin. Mario nous raconte que ce chemin s'appelle ainsi en l'honneur des nombreux écrivains et philosophes qui venaient chercher l'inspiration en ce lieu. Il nous dit que Goethe a eu ses premières idées pour son *Faust* ici en haut, que ce même endroit a inspiré Hegel quand il réfléchissait à la *Dialectique*, que Schumann a composé ses *Études symphoniques* assis sur l'un de ces bancs en regardant le Neckar. Le Tucumanais dit qu'il montera quand il devra écrire sa thèse, pour voir s'il sera lui aussi traversé par un éclair de génie qui ferait que les Allemands voudraient rebaptiser ce sentier "le chemin de l'économiste tucumanais". La blague n'est pas drôle mais Mario et moi sourions car tout en cet instant est joyeux.

Nous restons un moment silencieux tous les trois, à respirer profondément l'air frais, chacun pensant à allez savoir quoi jusqu'à ce que Mario regarde sa montre et dise qu'il doit s'en aller. Il nous salue et il s'éloigne lentement en descendant vers la ville. Son corps de dos, grand et dégingandé, semble appartenir depuis toujours à ce paysage.

Le Tucumanais et moi restons seuls. Je me souviens tout à coup de Marta Paula, de notre conversation téléphonique, de sa promesse de rendre visite à une voyante, et je me rends compte que Miguel Javier n'est pas au courant de tout ça, que je ne lui ai encore rien dit. J'entends dans ma mémoire les paroles de sa sœur : "Ne lui dis pas pour la Feli, il est incapable de croire en rien."

– J'ai oublié de te raconter que ta sœur m'a téléphoné à la résidence l'autre jour.

– Marta Paula ? Pour quoi faire ?

– Pour me remercier pour les chaussures.

– Juste pour ça ?

– Oui.

– Mais c'était tout ce qu'elle voulait ?

Je ne peux pas mentir au Tucumanais, tout mon visage me trahit. En plus je meurs de curiosité d'entendre ce qu'il sait de cette Feli que consultent sa sœur et ses collègues de travail.

– Elle m'a dit qu'elles allaient consulter une voyante pour lui demander pour ma grossesse, pour savoir qui peut être le père.

Miguel Javier me regarde l'air très sérieux. Jusque-là je trouvais amusant de parler de ça mais maintenant je perçois que la conversation ne va pas bien se terminer.

– Elle t'a dit le nom de la voyante ? Elle t'a dit la Feli ?

– Oui.

– Bon sang de bordel de merde. Faut vraiment être débile… Pour de vrai, elle t'a dit la Feli ?

– Oui. Qu'est-ce qu'il y a ?

– Rien du tout. Ce ne sont pas des gens bien. Cette Feli… c'est une femme horrible. Voilà ce qu'il y a. Il y a que je ne suis pas là-bas et qu'elles vont se mettre dans des embrouilles.

Je lui dis de ne pas s'inquiéter, que sa sœur est grande et qu'elle doit savoir ce qu'elle fait.

– Elle sait que dalle ! La prochaine fois qu'elle t'appelle tu me la passes, que je lui mette les points sur les i ! Allons-nous-en, je vais être en retard à mon cours !

Nous descendons la colline en courant presque. En bas Miguel Javier me salue sans me regarder et je le vois s'éloigner dans les ruelles qui débouchent sur l'université.

IV

Je marche un moment sans but. Je ne veux pas retourner m'enfermer à la résidence, le ciel est d'un gris plombé et il couvre la ville d'une lumière surnaturelle. Je pense aux battements que j'ai entendus à l'hôpital, les battements du cœur de mon enfant, comme disait le docteur. Boum, boum, boum, j'ai l'impression d'en entendre un à chaque pas que je fais. Comment se fait-il que je ne sois pas terrorisée ? Que je ne rentre pas à Buenos Aires en courant ? Je parcours plusieurs pâtés de maisons, tout me serre, le soutien-gorge, les chaussures, et par moments je me surprends à rire, je ris de n'importe quoi, comme si j'étais contente, comme si j'étais sortie de moi.

Je débouche sur une petite place de l'autre côté du vieux pont. Des gamins font des acrobaties dans une structure de tubes jaunes montés en jeux pour enfants. Derrière il me semble reconnaître Joseph, emmitouflé dans un pardessus foncé, prenant des photos. Quand il me voit il sourit avec ses dents de loup et il porte une main sur son cœur. Je n'étais pas préparée à rencontrer quelqu'un, mais quand il s'approche je découvre le très fort désir que j'avais de le revoir. Il me salue en me serrant dans ses bras, il s'assied à côté de moi et il me montre les photos qu'il a faites cet après-midi : la lucarne en verre d'une toiture vue d'en bas, des femmes turques souriant à l'objectif à la porte d'un magasin, des touristes avec les sacs de leurs achats sur le vieux pont, les enfants qui sont là devant moi capturés immobiles dans les airs. Elles sont belles, je lui dis. Nous sommes assis tellement près que n'importe qui pourrait penser que nous sommes un couple. Cette idée suffit à m'inquiéter. Si jamais Mario nous voyait ici, tous les deux sans lui… Mais cette gêne est absurde, rien n'était prévu. Nous sommes ici et sa jambe frôle mon genou pendant que je regarde les photos sur son appareil. Je ne pense plus qu'à le toucher. Il parle de la lumière si particulière de cet après-midi. Je l'avais remarquée moi aussi et c'est pour ça que j'ai continué de me promener sans but. Mais je ne dis rien, je souris et je me remets à regarder les images dans la machine et à sentir la chaleur de son corps à côté du mien. Maintenant il m'invite à prendre un café chez lui. Il a bien dit chez lui ?

– Ici il fait un peu froid, dit-il.

Il est six heures et la nuit commence à tomber. Les enfants qui jouaient tout à l'heure sur les tubes s'éloignent tenus par la main de leurs parents emmitouflés dans des anoraks colorés.

– Plutôt un autre jour, maintenant il faudrait que je rentre à la résidence.

– Demain ?

– Je sais pas. Demain c'est possible.

Je rends l'appareil photo. Je ferme mon blouson jusqu'au cou. Joseph demande s'il peut me prendre en photo. Je pense que je dois être affreuse mais je dis que oui. Il me vise avec l'appareil et il appuie trois fois. Puis il sort un carnet et un stylo de sa poche et il note une adresse.

– Je peux voir les photos ? je lui demande.

Il arrache la feuille où il vient d'écrire et il me la donne.

– C'est l'adresse de chez moi, demain tu les verras là-bas.

V

L'appartement de Joseph est situé sous les toits au-dessus d'un petit commerce d'épices turques qui appartient à sa famille. Il y a très peu de meubles : un matelas par terre avec des coussins, un vieux canapé, un bureau, des livres empilés partout, une cuisinière électrique, des photos éparpillées de tous les côtés. De la fenêtre on peut voir les vieux toits d'Heidelberg et le ciel qui à cette heure-ci de l'après-midi a viré au rouge. J'ai passé toute la journée à me demander si venir ou pas, je me suis changé les idées en aidant Frau Wittmann à trier de vieilles revues à jeter et en parlant avec elle de Shanice. Après manger j'ai pris un long bain, je me suis lavé les cheveux, je me suis coiffée avec soin, j'ai mis ce que j'ai trouvé de plus beau.

Maintenant Joseph prépare le café et je m'enfonce dans le canapé comme si je n'allais pas m'en relever avant demain.

– *Vous vous êtes rencontrés où avec Mario ?*

Je ne sais pas pourquoi je lui demande ça. Je ne veux pas parler de Mario. Pas avec lui. Je ne veux pas penser à la relation qu'ils ont ni les imaginer ici nus, habillés, ni d'aucune façon.

– À la faculté, dans ma désastreuse tentative d'étudier la philosophie, répond Joseph pendant qu'il met de l'eau à chauffer et lave quelques tasses.

Je le vois bouger comme au ralenti, comme dans une succession de photogrammes, dont j'imagine qu'ils s'impriment dans ma mémoire pour toujours.

– Et c'est là que vous êtes devenus amis ? je demande et je regrette aussitôt de poser une question si bête.

– Oui, Mario est une personne incroyable. Intelligent, généreux, avec un grand sens de l'humour. Je pourrais rester des journées entières avec lui sans m'ennuyer.

Joseph sourit, il me sert le café dans l'une des tasses qu'il vient de laver et il me regarde fixement. Ses yeux noirs sont comme des tunnels qui donnent envie d'entrer à l'intérieur, de les traverser et d'affronter tout ce qu'il pourrait y avoir de l'autre côté.

– Tu es allée chez le docteur hier ? me demande-t-il pour rompre le silence dans lequel nous tombons.

– Oui, et Mario m'a accompagnée.

Et je suis encore en train de parler de Mario. Je n'arrive pas à le croire. J'aimerais oublier la façon dont je les ai vus se sourire l'un à l'autre, et pouvoir parler de lui comme on parle de tout et de rien.

Joseph me montre maintenant avec enthousiasme des livres de photographie qu'on lui a envoyés ce matin par courrier depuis New York. Il s'assied à côté de moi et nous tournons ensemble les lourdes pages, une par une. Des portraits de gens exagérément expressifs, des paysages urbains, des intérieurs de bâtiments publics se succèdent. Joseph me touche le visage, il dégage mes cheveux et il m'embrasse sur la bouche. Je suis immobile, enfoncée dans le canapé, avec le cœur accéléré mais apaisée. Personne n'interfère dans mes pensées maintenant. Joseph sans cesser de m'embrasser m'a peu à peu retiré mes vêtements. Tout à coup nous voilà tous les deux nus, enlacés. Mon corps est beau entre ses mains et il s'enroule autour du sien comme s'il lui avait manqué depuis toujours.

Nous baisons tout l'après-midi et nous nous endormons. Quand nous nous réveillons il fait nuit. Joseph se lève, il enfile un gilet en laine et il cherche quelque chose pour préparer le dîner. Il met de l'eau dans une casserole pour faire des spaghettis et il me montre certaines des épices du magasin de sa famille. Ce sont des dizaines de petits pots avec des condiments colorés. J'en ouvre quelques-uns et en les respirant je sens qu'ils m'arrivent jusqu'au cerveau. Je reconnais le basilic, le cumin, le laurier, la moutarde peut-être. Le reste est un mystère.

Par moments Joseph me sert un peu de vin.

– À quoi penses-tu ? demande-t-il.

– Qu'aujourd'hui a été ma meilleure journée depuis que je suis en Allemagne. Et aussi que c'est la première fois que je baise depuis que je suis enceinte.

Joseph sourit mais il reste silencieux. Je ne sais pas pourquoi je suis en train de lui raconter ça. Ce n'était pas nécessaire de le lui raconter. Peu importe. Je le regarde pendant qu'il fait la cuisine. J'ai envie de lui demander de rester immobile pour bien saisir la forme de ses yeux, son nez, sa bouche, ses dents. Maintenant il pose les assiettes sur la table et il me dit :

– Mario va venir.

– Ici ? Quand ?

– À neuf heures.

Je m'habille aussi vite que je le peux. Joseph me dit de rester, que le dîner va être prêt. Je ne le comprends pas. Je ne l'écoute pas non plus. Je lui demande si la porte d'en bas est ouverte, et je prie, pendant que je descends l'escalier, pour ne pas croiser Mario. Quand je suis dans la rue Joseph apparaît à la fenêtre et il me crie quelque chose en turc.

– Je ne te comprends pas, je lui crie en espagnol.

Et je m'en vais très vite, en courant presque.

Six

I

Je marche sans réfléchir à où je vais et je sais vite que je suis perdue, que je ne connais pas le quartier, que je ne distingue pas le sud du nord, que je ne me rends pas compte d'à quelle distance je suis de la rivière. Personne ne passe, les rares commerces que je vois sont fermés, il est presque neuf heures et les rues sont absolument vides. Je cherche le portable de Shanice dans mon sac. Il y a des centaines de numéros enregistrés mais je ne connais que deux personnes dans ses contacts, sa mère et Miguel Javier. Bien sûr j'appelle Miguel Javier.

Le Tucumanais m'écoute attentivement, je lui épelle le nom des rues que je vois et il me donne des indications sûres pour rentrer à ce qu'il appelle "chez nous". Quand j'arrive il m'attend à la porte, vêtu d'un blouson trop petit pour lui, en se frottant les mains à cause du froid et avant que je puisse le saluer il me dit il faut qu'on parle.

– D'accord, Miguel, mais rentrons, il fait froid.

– Avant de rentrer je veux parler. Il y a deux choses qui m'angoissent dans la vie. Une je peux pas te la dire, et l'autre c'est qu'on embête ma famille. Et à cause de toi ma sœur s'est mis dans la tête d'aller voir la Feli, et ça ne peut rien apporter de bon.

– Quelle Feli ?

– La Feli ! La voyante.

– Je ne lui ai pas demandé d'aller consulter une voyante.

– D'accord, c'est elle qui a eu l'idée. Mais maintenant il faut que tu l'appelles et que tu lui sortes ce plan de la tête.

– L'appeler maintenant ? À Tucumán ?

– Oui.

– Et je lui dis quoi ?

– Que tu t'es souvenue de qui est le père, que ce n'est pas la peine d'aller vérifier quoi que ce soit. Et qu'elle arrête de traîner dans le bidonville pour voir cette sorcière. Tu ne sais pas à quel point elle est dangereuse cette vieille paranormale et toute sa famille de drogués. Allez, s'il te plaît, appelle-la maintenant. S'il te plaît.

Le Tucumanais a l'air tellement inquiet que j'accepte sa demande sans plus de questions. Je me sens ridicule de téléphoner à Tucumán, à sa sœur que je ne connais pas, pour inventer je ne sais quelle histoire. Miguel Javier me dicte les chiffres que je compose sur le portable de Shanice. Je lui demande de s'éloigner, de me laisser parler seule. Le Tucumanais commence à marcher lentement vers le coin de la rue et quand il tourne et disparaît de ma vue Marta Paula répond. On entend des aboiements de chiens, les pleurs d'un enfant et un autre bruit qui ressemble à un match de foot mal capté à la radio. Je la salue, je lui demande comment elle va. Elle devient euphorique quand elle reconnaît ma voix. Elle me dit d'abord des choses que je ne parviens pas à entendre, puis elle fait taire les chiens et elle commence à me parler sans s'arrêter, comme si les mots ne lui suffisaient pas à expliquer une chose qu'elle-même ne comprend pas.

– Juste j'allais t'appeler. Je pensais aller à la cabine parce que ici on ne peut pas parler avec tout ce raffut qu'il y a chez moi. Et juste tu m'appelles, juste c'est toi qui m'appelles… parce que, enfin voilà, j'étais sur le point de t'appeler ! Même que je viens juste de demander à ma mère de rester avec les enfants, parce que, enfin voilà, il y a plusieurs choses importantes que je dois te dire…

– Ah, moi je t'appelais parce que j'ai réfléchi et en fait, il me semble que je sais qui est le père de l'enfant que j'attends, et donc… ce n'est pas la peine que tu consultes quelqu'un.

– Chez la Feli, j'y suis déjà allée.

– Ah, tu y es allée ? Et elle t'a dit quoi ? Quelque chose sur le père ?

– Pas du tout. Sur le père rien, aucune idée. Mais elle a regardé mes chaussures dès que je suis entrée. Moi j'ai pensé qu'elle les regardait avec envie parce qu'elle était sérieuse, mais c'était pas ça, c'était autre chose, comme un truc de voyance. Je lui ai parlé de toi, de la grossesse et elle, droit sur les chaussures. C'est les bleues que tu m'as envoyées, je ne les quitte plus. Quand j'ai terminé de tout raconter, elle s'est agitée sur sa chaise et elle a dit cette femme est mauvaise, dangereuse.

– Quelle femme ?

– C'est ce que je lui ai demandé moi aussi. Et là elle me dit ces chaussures sont pas à toi. Si, je lui dis, c'est un cadeau. Et elle se met à fumer et elle me dit, elles viennent de très loin ces chaussures. Oui, je lui dis, et là je lui raconte qu'en premier elles étaient au Japon et ensuite là-bas en Allemagne, et maintenant c'est moi qui les ai ici et que je les mets tous les jours parce qu'elles me plaisent grave. Et elle dit, la fille est morte mais la mère est vivante. La fille savait que la mère est mauvaise. Elle me parlait de ton amie, tu comprends ? De la Japonaise ! Et de sa mère. Et vous savez pourquoi elle s'est tuée, doña Feli ? je lui demande. Et là elle me regarde et elle me parle de toi. Elle me dit que cette femme te suit, que débrouille-toi comme tu le pourras, qu'il faut que tu reviennes, que tu t'es mise dans le pétrin. Heureusement que tu m'as appelée et que j'ai pu te le raconter.

Le Tucumanais revient et il me fait un signe de la tête. Je fais un geste de la main pour qu'il me laisse terminer la conversation. À l'autre bout de la ligne les chiens se sont remis à aboyer et Marta Paula semble pressée de raccrocher. Je demande ce qu'elle lui a dit d'autre. Je devrais lui demander de ne plus retourner chez cette voyante, mais je veux qu'elle continue de me parler de cette rencontre, comprendre comment la Feli sait tout ça. Que je revienne où ? je demande, en Argentine ? Maintenant elle semble ne pas m'écouter, elle parle en même temps avec un garçon à qui elle demande d'éteindre la télévision et elle me dit qu'il faut qu'elle raccroche.

Je reste figée avec le téléphone à la main. Miguel Javier me regarde en silence. Frau Wittmann apparaît à la porte, quand elle nous voit tous les deux plantés là elle soupire avec soulagement et elle dit : *Les Argentins !* Les voilà enfin ! Cette Mme Takahashi vous attend à la réception, elle est venue pour vous parler, mais comme vous n'étiez pas là, *ach !*, j'ai dû la supporter tout l'après-midi. Entrez, *s'il vous plaît !*

Frau Wittmann rentre en espérant que nous la suivions. Je demande au Tucumanais de nous en aller. Je lui explique, tout en l'entraînant dans la rue, la conversation que je viens d'avoir avec sa sœur. Je ne sais pas pourquoi Mme Takahashi est venue nous voir mais je ne veux pas la voir. Je ne veux plus jamais la voir.

II

Il est très tard et les commerces de la place sont fermés, tous sauf un restaurant qui affiche à sa porte une carte trop chère pour nos moyens. Je suis d'avis que nous entrions quand même et que nous partagions le plat le moins cher. Miguel Javier refuse, à un moment il me dit que je suis folle, il regarde à nouveau la carte, il calcule le pourcentage des prix sur le total de sa bourse, il est de mauvaise humeur.

– Entrons, Miguel, s'il te plaît, je le supplie.

Il semble s'émouvoir tout à coup et il accepte, je crois qu'en me regardant il se rend compte d'à quel point je suis fatiguée et j'ai froid.

Un serveur en smoking nous installe à une table. Il nous recommande un plat imprononçable et nous laisse le menu.

– Merci, Miguel. Je sais que c'est de la folie de t'embarquer comme ça de force et te faire entrer ici. Ta sœur m'a inquiétée avec ce qu'elle m'a dit. Comment une vieille femme à Tucumán peut-elle savoir que dans une ville d'Allemagne il y a une Argentine harcelée par une Japonaise qui est la mère de l'ancienne propriétaire des chaussures qu'elle porte ?

Je lui dis ça et je reconnais qu'en plus de me faire peur, cette histoire me fascine. Le Tucumanais me regarde d'un air grave au-dessus du menu et il me dit que c'est un truc de sorcière. Nous cherchons le plat le moins cher, c'est un mélange de pâtes avec un peu de viande que nous montrons au serveur sur la carte.

– Nous allons le partager, lui dit Miguel Javier dans un allemand impeccable. Ma sœur adore se mettre dans ce genre d'embrouilles. Ça fait plus d'un an qu'elle la ramène avec cette voyante pour tout et n'importe quoi. Ça a commencé quand son alcoolo de mari disparaissait. Et la Feli lui a dit vrai, que ce type était irrécupérable et qu'entre eux ça n'allait plus. Un soir, elle était très triste, elle disait que jamais elle n'allait pouvoir s'en sortir, et elle m'a demandé de l'accompagner voir cette vieille. C'est un taudis du diable cet endroit. Il y a une vingtaine de personnes qui vivent là-dedans, ils vendent de la drogue, il y a des femmes, un désastre. Comment tu crois que je me sens à dix mille kilomètres quand je sais que ma sœur traîne avec ces gens-là ?

Miguel continue de parler et je l'écoute avec attention jusqu'à ce qu'une chose me distraie tout à coup. Je vois du coin de l'œil la silhouette d'un corps frêle et vêtu de noir qui entre dans le restaurant. Je n'ai pas besoin de regarder en face pour savoir que c'est Mme Takahashi. J'interromps le Tucumanais, je lui demande de se retourner et de regarder discrètement. Il le fait. Je cloue mes yeux dans mon assiette vide, je me concentre sur une espèce de prière qui nous rende invisibles. Miguel dit lentement : c'est elle et elle vient par ici. Et il m'ordonne : jouons les imbéciles. Qu'elle ne voie pas que nous avons peur d'elle.

Mme Takahashi vient jusqu'à notre table et elle s'assied à côté de moi.

– Jusqu'où j'ai dû aller pour vous trouver !

– Comment saviez-vous que nous étions là ? je lui demande sans pouvoir feindre aucune joie.

– Tous les soirs je viens dîner ici, ma chérie. J'imagine que je peux m'asseoir avec vous. Je suis toujours tellement seule… Quelle chance qu'aujourd'hui vous soyez venus ici vous aussi.

Miguel et moi la regardons avec perplexité. Elle parcourt le menu avec un doigt et elle appelle le serveur. Elle demande le vin le plus cher, et trois assiettes de kassler avec de la choucroute. Miguel rappelle au serveur que nous allons partager des pâtes, mais Mme Takahashi s'esclaffe et elle nous dit : aujourd'hui c'est moi qui paie, et vous avez des têtes à avoir faim. Et je ne veux rien entendre à ce sujet.

Nous restons un instant silencieux tous les trois. Comment, de quelle manière cette femme peut-elle nous faire du mal ? Elle est si frêle et elle semble si fragile. Je la vois en train de chercher quelque chose dans son porte-monnaie, elle sort des comprimés, elle les casse, elle avale les morceaux. Elle prend quoi ? J'essaie de voir le nom des médicaments mais elle les range avant que j'aie réussi à lire. Maintenant elle nous sourit et elle nous dit :

– Je vous ai cherchés tout l'après-midi.

– Et pourquoi donc ? demande Miguel.

– Parce que vous allez m'apprendre ce que je dois faire quand je voyagerai en Argentine. Je veux tout savoir. D'abord j'irai danser le tango. Au Japon j'ai appris les pas de base, mais là-bas j'apprendrai véritablement.

Miguel se gratte la tête avec la jointure des doigts. Je l'ai déjà vu faire ce geste à d'autres occasions quand il devient nerveux ou qu'il est embarrassé.

– Je n'y connais rien au tango, madame.

Le serveur nous apporte le vin. Mme Takahashi le goûte. Je voudrais être restée avec Joseph. Non, je n'aurais pas supporté un dîner avec lui et Mario. Je ne crois pas que je puisse les revoir ensemble et ne pas me sentir affreusement mal.

– Je ne peux pas boire de vin, je dis.

– Un peu ça ne fait pas de mal, dit Takahashi, et elle demande au serveur de remplir mon verre. Le Tucumanais l'interrompt.

– Il vaut mieux qu'elle n'en prenne pas. Moi oui servez-moi, je suis curieux de savoir comment est ce vin. – Il le goûte. – Il est très bon, je n'y connais pas grand-chose en vins, mais il est très bon.

– Donc tu ne connais rien au tango, jeune homme. Quelle sorte d'Argentin es-tu ?

– Je ne sais pas, je n'aime pas beaucoup le tango, un peu le folklore, je ne sais pas.

– Et qu'est-ce que je dois savoir pour visiter Buenos Aires ? Je voudrais y aller le plus tôt possible.

– Ah, eh bien là je ne sais pas non plus. Moi j'ai l'impression que ça doit être une ville très compliquée.

J'écoute les derniers mots de Miguel, son accent, je le vois s'agiter sur sa chaise, répondant aux questions de la Japonaise, et je ne crois pas qu'il existe entre lui et moi quelque chose comme une patrie commune.

– Il faudrait plutôt lui demander à elle, qui est de Buenos Aires.

Mme Takahashi me regarde et elle répète comme un automate.

– Qu'est-ce que je dois savoir pour visiter Buenos Aires ? Je voudrais y aller le plus tôt possible.

– Pourquoi ? Pourquoi est-ce que vous voulez aller à Buenos Aires ? Il y a quoi à Buenos Aires qui puisse vous intéresser, madame Takahashi ? Vous devriez rentrer au Japon. Retourner avec votre mari, vous comprenez ? Rentrer chez vous.

Mme Takahashi se remet maintenant à pleurer et elle cherche un mouchoir dans son sac. Le Tucumanais me regarde étonné. Je le suis aussi. Ce que je viens de dire ou peut-être le ton que j'ai employé était cruel. Jamais auparavant je n'avais parlé à Mme Takahashi de cette manière. Mais ce soir, à cette table, je me sens acculée, prisonnière d'un piège étrange et je ne vais pas me laisser vaincre si facilement.

– Aller à Buenos Aires était le rêve de Shanice, dit-elle pendant qu'elle sèche ses larmes et que son rimmel coule.

– C'était peut-être le rêve de Shanice, mais ça n'a pas pu se faire. Elle est restée ici. Vous êtes venue lui dire adieu, comme il se doit, régler ce qu'il fallait régler. Et maintenant, à la maison. Ce n'est pas facile de faire son deuil. On ne peut pas aller par-ci par-là toute la journée. Retournez chez vous. Vous serez mieux là-bas.

Mme Takahashi pleure de plus belle. Miguel me regarde épouvanté. Je n'ai rien dit de mal, je crois. Le ton peut-être, oui, peut-être le ton.

Après un sanglot bref et déchirant Mme Takahashi semble se ressaisir. Elle me regarde en souriant, et maintenant elle nous parle comme si dans ce que je viens de dire se trouvait la clef qu'elle a cherchée tout l'après-midi.

– Bien sûr, dit-elle. Shanice rêvait de connaître Buenos Aires mais quelque chose l'en a empêchée. Vous savez quoi ?

Miguel et moi faisons non de la tête.

Qu'elle est morte. Dit-elle. Nous sommes de petites particules dans le chaos, des feuilles agitées par le vent. On voudrait aller à l'est, mais le vent nous emporte à l'ouest. On voudrait aller au nord, mais le vent nous pousse au sud. Cela ne dépend pas de nous.

Maintenant le serveur s'approche avec les trois assiettes. Pendant qu'il les place sur la table le Tucumanais dit qu'il croit le contraire, que tout, absolument tout dépend de nous, que nous sommes à la merci de nos propres décisions. Il le dit tout en découpant sa viande et par moments il parle avec la bouche pleine. Il place sa serviette sur ses genoux pour ne pas se tacher et il a l'air tout content d'expliquer à Mme Takahashi comment tout au long de sa vie il a su reconnaître les conséquences de ses propres actes. Par exemple, être ici maintenant, c'est la conséquence de ses longues et laborieuses soirées d'étude dans la modeste maison de ses parents. Il aurait pu dormir davantage, ou sortir danser ou se droguer comme d'autres jeunes, mais non, il est resté à étudier et il a obtenu une bourse et maintenant il est ici, dit-il. Shanice a pris une décision, c'est elle qui l'a fait, ce n'était pas un quelconque destin.

Le plat est copieux, et bien que la viande soit un peu crue à mon goût je la dévore sans m'arrêter. Le secret c'est de couvrir chaque morceau avec de la choucroute et comme ça ne pas voir le rouge, le sang qui, si je n'avais pas une telle faim, me dégoûterait.

Mais maintenant que j'ai pratiquement mangé mon assiette en entier le dégoût monte en moi comme une fièvre soudaine. Je souris, mais c'est une grimace provoquée par le dégoût lui-même. Mme Takahashi parle et le Tucumanais donne de petits coups avec sa fourchette dans son assiette tachée de sauce et du sang de la viande qu'il vient de terminer. *Arrête avec cette fourchette !* je lui dis. Miguel me regarde honteux. Excuse-moi, mais s'il te plaît arrête de faire ça avec ta fourchette. Mme Takahashi dit qu'elle me trouve pâle et elle touche mon front. Ses mains sont froides comme la mort, ses doigts de glace terminés par des ongles parfaits. J'écarte la tête et je m'arrange les cheveux. Je vais bien, je veux juste enlever mon pull parce que cet endroit est très chaud. Le Tucumanais me sert de l'eau mais dès que j'en avale un peu je sens qu'elle ne va pas pouvoir passer dans ma gorge. Elle va encore vomir, pauvre petite ! Dit Takahashi. Non, je ne vais pas vomir. Laissez-moi passer, je veux aller aux toilettes.

Les toilettes sont propres, très propres. En Allemagne heureusement c'est comme ça. Avant d'entrer dans le cabinet je me regarde une seconde dans le miroir : j'ai le visage bouffi, des cernes et les cheveux en bataille. Est-ce que Joseph m'a vue comme ça, ou c'est quelque chose qui m'est arrivé maintenant ? J'ai mal au ventre et je vais probablement m'évanouir. Commence une diarrhée très forte qui semble ne jamais s'arrêter et j'ai peur de perdre le bébé. Je me rassure aussitôt en me disant qu'on ne perd pas un bébé à cause d'une diarrhée.

Après je n'ai pas la force de me lever et je me nettoie comme je peux. J'entends arriver les talons de Mme Takahashi. Si seulement je pouvais remonter mon pantalon et en finir une bonne fois pour toutes. Mais je suis très nauséeuse. Je me penche et je distingue ses chaussures sous la porte, je lui dis d'appeler Miguel Javier, que c'est une urgence. Alors je vois un peu de sang sur ma culotte, tout s'assombrit et devient froid et je sais que je suis en train de m'évanouir parce que c'est pareil que mourir.

III

Miguel Javier dit qu'on m'a sortie à bras-le-corps des toilettes. Qu'il ne sait pas comment mais que j'avais le pantalon parfaitement mis. Et que Mme Takahashi a voulu nous accompagner mais qu'il l'a gentiment convaincue de retourner à son hôtel. Je suis dans mon lit à la résidence et Miguel me tient la main. Frau Wittmann, quelques mètres en arrière, me regarde avec les sourcils froncés, elle a un verre à la main. Je serre la main du Tucumanais et je lui raconte pour le sang. Miguel dit de ne pas m'inquiéter, que peut-être ce n'est rien. Je me mets à pleurer, les larmes sortent irrépressibles et je m'enfonce épuisée dans l'oreiller que je mouille. Frau Wittmann ne dit rien, elle pose aussitôt le verre sur la table de chevet et elle sort de la chambre. Je crois que ça l'énerve que nous parlions en espagnol devant elle.

– Va dans la salle de bain, lave-toi et on file chez le médecin de garde.

– Merci, Miguel.

Nous passons toute la nuit à l'hôpital. On nous a installés dans une chambre d'observation, je suis allongée tout habillée sur un brancard et le Tucumanais somnole dans un fauteuil. Deux jeunes docteures entrent de temps à autre pour me voir, elles prennent ma tension, elles m'auscultent. Elles me font une échographie. Elles conviennent toutes les deux que je vais bien et que la grossesse va bien aussi. L'une d'elles demande au Tucumanais si ce soir nous avons eu des relations sexuelles. Miguel reste muet et je dis que oui, que deux ou trois fois. Il semble que ça ait quelque chose à voir. Elles me recommandent un repos de deux jours, d'éviter les rapports sexuels pendant une semaine et de ne pas oublier de prendre les vitamines. Mais pourquoi est-ce que j'ai eu si mal au ventre ? Le Tucumanais et Mme Takahashi ont mangé la même chose que moi et ils n'ont rien eu. C'est peut-être nerveux, disent les docteures, et elles prennent congé avec un sourire professionnel.

IV

Pourquoi tu ne rentres pas à Buenos Aires ? Le Tucumanais marche sans s'arrêter, sans me regarder, et il répète la même chose depuis que nous sommes sortis de l'hôpital : pourquoi tu ne rentres pas à Buenos Aires ?

– Tu disais à la Japonaise de retourner chez elle mais celle qui doit le plus rentrer c'est toi parce que tu es enceinte et que tu n'étudies pas et tu ne fais rien ici. La Japonaise elle a de l'argent elle au moins et elle peut faire ce qu'elle veut. Celui qui doit s'occuper de tes affaires c'est le père de l'enfant. Cherche-le. Mais cherche-le toi. Et marie-toi avec ou mettez-vous ensemble ou ce que tu voudras mais ne va pas compliquer la vie des autres.

Pour moi ça a été très dur de venir ici, laisse-moi vivre tranquille.

Miguel Javier accélère le pas et il s'éloigne de moi. J'essaie de le rattraper, de lui dire que je comprends son énervement, que nous sommes tous les deux très fatigués et que ça n'améliore pas l'humeur. Mais je ne peux pas me dépêcher, mes jambes sont lourdes comme des sacs de pommes de terre. Le Tucumanais marche encore plus vite et il disparaît devant. Il fait froid et je voudrais rentrer à la maison, mais à quelle maison ? Je me sens nauséeuse. Et triste.

Je me demande si Joseph sera réveillé, s'il sera seul, et je cherche le chemin de sa maison.

V

J'entre dans un bar qui fait l'angle en face de la maison de Joseph. Je commande un thé avec des tartines grillées. Un café serait beaucoup après ce mal au ventre que j'ai eu. Je m'assieds à l'une des tables de la fenêtre, d'ici je peux voir la porte de Joseph et le commerce de ses oncles. Si je suis attentive peut-être que je verrai sortir Mario ; et si j'en ai le courage peut-être que j'irai sonner après, quand il sera seul. Il ne faut pas que je me distraie, il suffirait d'un regard aux pains et aux puddings qui sont sur le comptoir pour rater son départ. Le thé est très chaud et je le bois lentement tout en contrôlant tous les mouvements de la rue. Il y a quelques minutes un vieil homme est entré dans le bar avec un petit chien ridicule. Ils sont installés à une table en face de la mienne. Le vieil homme me sourit et son chien d'une race indéfinissable tire avec force sur sa laisse pour venir vers moi.

Je ne les regarde pas mais je sais qu'ils sont là. Je me sens plutôt bien, même si je n'ai pas dormi et malgré la nuit affreuse que j'ai passée. Le thé et les tartines grillées me redonnent un peu d'énergie. Ça me dérange juste que ce vieil homme soit en train de me regarder. Est-ce que ça l'étonne de voir une femme déjeuner seule à cette heure-ci du matin ? Heidelberg n'est finalement qu'une petite ville et dans les petites villes on regarde bizarrement les femmes seules. Je ne crois pas qu'à Francfort ce soit pareil. D'ici je peux tout dominer : la rue, le commerce d'épices, sa porte, sa fenêtre, mais si ce vieillard continue de me regarder ce n'est pas la même chose parce que ça me déconcentre. Bon, ça suffit, je regarde le vieil homme dans les yeux, il me sourit et je découvre que c'est celui qui me regardait le premier jour, dans le bar de la Markplatz. Est-ce qu'il m'a reconnue ? Est-ce qu'il s'est aperçu que je suis en train d'espionner quelqu'un ? Le cabot se libère et il vient exécuter une petite danse à mes pieds. Il est tellement laid qu'il m'attendrit. Le vieil homme l'appelle, il le fait doucement, comme s'il ne voulait pas le gronder. Le chien danse comme un petit singe savant, c'est grotesque et surprenant. Il m'amuse beaucoup. Je lui donne un petit bout de pain grillé qu'il renifle et qu'il laisse de côté par terre pour continuer d'agiter ses pattes.

Le vieil homme s'approche de nous.

– Au pied, Rosie, au pied ! dit-il et je comprends que ce n'est pas un petit chien mais une petite chienne.

– Ça va, vous pouvez la laisser.

– Vous aimez les animaux ?

Je réponds que oui, qu'il m'arrive de les aimer. Je vois par la fenêtre que le commerce d'épices vient d'ouvrir. Ses stores sont levés et si je plisse les yeux je peux voir une dame se déplacer à l'intérieur, peut-être que c'est la tante de Joseph. *Vous n'êtes pas d'ici, n'est-ce pas?* me demande le vieil homme. Rosie, la petite chienne monstrueuse, s'est couchée à mes pieds et elle me montre son ventre blanc.

– Non, je ne suis pas d'ici.

– Vous êtes italienne?

– Non, je viens d'Argentine.

– Ah, vous ressemblez à une Italienne.

La dame de la boutique apparaît à la porte. J'essaie de reconnaître les traits de Joseph sur son visage que je distingue à peine d'ici.

– Allons, Rosie, retournons à notre table.

– Ça va, elle ne me dérange pas.

Rosie se frotte l'échine sur mes chaussures. J'aimerais raconter au vieil homme que j'avais un chien à Buenos Aires qui faisait la même chose et que maintenant je ne sais même pas s'il est vivant ou s'il est mort, mais je ne dis rien. Une camionnette se gare devant la boutique et me cache la porte de Joseph. Là-haut sa fenêtre est toujours fermée. Je devine que Joseph dort jusque tard mais je sais que Mario non, et s'ils sont ensemble ils devraient déjà être levés. Le vieil homme célèbre les pirouettes de son animal domestique.

– Rosie est une brave petite chienne. C'est ma seule compagnie, nous n'avons besoin de personne d'autre, pas vrai, Rosie?

Rosie remue la queue en guise de réponse.

– Vous voulez vous asseoir à table avec moi?

Je n'aurais pas imaginé quelques minutes plus tôt faire au vieil homme une proposition pareille, mais Rosie et lui me sont maintenant familiers et j'aimerais rester un peu plus avec eux. De toute façon la camionnette me cache la vue et s'ils restaient je prendrais un autre thé et je demanderais au vieil homme des choses sur sa petite chienne : depuis quand il l'a, de quelle race elle est, à quelle heure ils se lèvent, où ils se promènent…

– Oh, non, merci jeune fille, nous devons rentrer à la maison, nous avons beaucoup à faire. Allez, Rosie chérie. Dis au revoir à la jeune fille.

Rosie s'arrête et elle agite ses pattes avant. Elle ressemble à un oiseau difforme. Le vieil homme laisse quelques billets à côté de sa tasse et il enfile son manteau.

Allez, ma petite chienne, rentrons à la maison. Au revoir, et passez une belle journée. Inclinant la tête il sourit lorsqu'il passe à côté de moi. Je les vois s'éloigner lentement dans la rue. Ils se fraient un passage entre un groupe de gamins qui vont à l'école. L'un d'eux se penche pour caresser la petite tête de Rosie qui remue la queue et tourne autour de lui. Aussitôt tous poursuivent leur chemin. Maintenant il y a davantage de gens dans la rue, qui vont et viennent. La camionnette qui me cachait la vue démarre et j'ai à nouveau toute la porte pour moi. Que peut bien faire Joseph à l'intérieur ? Et s'il sortait tout à coup et qu'il venait jusqu'ici ? Et s'il sortait tout à coup et qu'il me voyait ? Je suis venue te voir, Joseph, je suis venue voir comment tu es le matin. J'ai passé toute la nuit dans un hôpital, et je viens juste de faire la connaissance d'un vieil homme qui avait une petite chienne fantastique, Joseph, tu aurais dû la voir. Tu sais quoi ? J'avais un chien à Buenos Aires, parfois on faisait la sieste sur le canapé de la maison. Il avait des yeux noirs et profonds comme les tiens et… Non. Non. Joseph est avec Mario, Mario l'aime et je devrais être en train de me reposer. Je devrais être à Buenos Aires. Dans une maison qui serait à moi. Ma maison, mon chien, mes vêtements, ma langue. La porte de Joseph s'ouvre. Mon cœur bat dans tout mon corps. Je comprends que je ne suis pas prête à voir Mario sortir de cette maison avec le visage ensommeillé ou les cheveux mouillés par la douche, mais c'est Joseph qui vient de sortir dans la rue. Je le reconnais tout de suite bien qu'il soit vêtu d'un long pardessus et qu'il ait la moitié du visage cachée par une écharpe. Il est seul. Il est seul ? Oui, il est seul. Il marche jusqu'au coin de la rue et il tourne en direction du centre. Je paie le déjeuner et je sors du bar. Je traverse la rue en m'efforçant de le rattraper mais mes pieds sont durs et tout mon corps, fatigué, pèse lourd. Je ne peux marcher que lentement, un pas, un autre, en le regardant s'éloigner.

Sept

I

– Excuse-moi de t'appeler à cette heure-ci.
– Il est quelle heure ?
– Ici ou là-bas ?
– Ici.
– Je ne sais pas, là-bas c'est plus tard, cinq heures je crois.
– J'ai dormi toute la journée.
– Ce que je voulais te dire c'est que, chez la Feli, il vaut mieux que je n'y aille plus.
– Qu'est-ce qu'il y a ? Tu es retournée là-bas ?
– Oui.
– Mais qu'est-ce qu'il y a ? Je ne t'ai pas demandé de retourner chez la Feli, moi.
– J'y suis allée parce qu'une amie me l'a demandé. Une autre. Pas toi.
– Et alors ? Elle t'a dit quelque chose sur moi ?
– Oui, beaucoup de choses.
– Ton frère va nous tuer. Quelles choses ?
– Des choses bizarres.

Frau Wittmann frappe à ma porte. Je reconnais ces petits coups qu'elle donne comme si elle avait les doigts en métal. Je demande à Marta Paula de ne pas raccrocher et j'ouvre la porte en chemise de nuit.

Il y a un jeune homme en bas qui te cherche, me dit-elle d'un ton réprobateur. *Quel jeune homme ? Miguel Javier ?* Je me penche et je vois Joseph au pied de l'escalier. Joseph ici ! Il feuillette des magazines qu'il y a dans l'entrée, je vois ses mains basanées tourner les pages et je sens un frisson à l'arrière des genoux.

– Marta Paula, il faut que je raccroche mais je t'appelle plus tard.

– Ce soir ?

– Oui, plus tard.

– D'accord, ce soir tu m'appelles ?

– Oui. Merci pour tout.

– Pas de problème, tu dois raccrocher tout de suite ?

– Oui.

– Ah, d'accord. Alors on se reparlera plus tard.

– Oui, ciao.

– Ciao.

II

Frau Wittmann me regarde de haut en bas. Elle sait que je suis enceinte. Elle le sait bien que je ne le lui aie pas dit. Je descends tout de suite, je lui dis et je ferme la porte. Je retourne la chambre pour trouver quelque chose à me mettre. Rien ne me va : les affaires de Shanice sont devenues de plus en plus petites et celles que j'avais apportées ne me servent à rien avec ce froid. Je mélange une jupe à moi avec un pull à elle. J'attrape un blouson au cas où, peut-être que Joseph voudra m'inviter à sortir. Ce sera mieux de sortir. Je ne veux pas l'embrasser ici, avec Frau Wittmann en train de regarder, avec le Tucumanais traînant par là. Il faudrait que je me coiffe un peu. Un souvenir de Santiago me réconforte : c'est un dimanche matin, je viens de me lever, il me regarde depuis le lit et il dit que ça me va très bien d'être décoiffée. C'est un beau souvenir. Qu'est-ce que Santiago peut bien être en train de faire en ce moment ? Quelle heure Marta Paula a dit qu'il était en Argentine ? Combien de temps j'ai dormi ? Je viens de sortir de ma chambre et je descends l'escalier. Je repense à ce qu'on m'a dit à l'hôpital : pas de relations sexuelles pendant quelques jours. Il faudra que je sois claire là-dessus même s'il m'en coûte. Joseph, debout, me sourit avec ses dents, avec ses yeux, avec ses cheveux noirs et épais. Il me serre dans ses bras, il m'embrasse sur la tête. Il me dit : Mario m'a laissé ceci pour toi, ce sont les clefs de chez lui. Il est parti à Francfort pour un mois et tu peux t'installer quand tu veux. Il t'a laissé un mot avec les instructions pour le chauffe-eau et les radiateurs. Préviens-moi si tu as besoin d'aide pour porter tes affaires.

Maintenant il dépose un baiser sur mon front et il s'en va.

– Tu pars déjà ?

– Oui, j'adorerais rester avec toi mais j'ai beaucoup de travail à finir.

Je le regarde s'en aller. Je serre dans mes mains les clefs de chez Mario. Frau Wittmann me regarde depuis son coin. Je sais qu'elle veut que je parte, elle veut que je laisse la chambre pour un authentique étudiant. Mais elle ne me dit rien. C'est juste cette tête qu'elle fait, comme l'air de dire tu commets une erreur. Je soutiens son regard. Demain je laisserai la chambre, je lui dis. Très bien, dit-elle. Ça me fait de la peine. Je pensais qu'entre elle et moi il y avait un sentiment plus aimable. Pourquoi sinon ces gestes d'affection spontanés qu'elle a eus avec moi ? Pourquoi cette conversation sur son enfance en Hongrie, la guerre et sa vie ? L'habitude de vivre avec des pensionnaires a dû l'endurcir, je pense. Mais je ne veux pas partir comme ça. Je m'approche, je la remercie pour tout ce temps que nous avons partagé et je lui raconte que je vais vivre chez un ami.

– Chez ce Turc ?

Comment vous savez qu'il est Turc ? Frau Wittmann sourit. Joseph a un physique de Turc et c'est suffisant.

– Les Turcs sont très sales, tu m'entends ? Sales. Nous n'avons pas d'étudiants turcs, il n'y en a pas. Eux, ils veulent se faire de l'argent ici. Et ce sont des menteurs. Quand ils peuvent ils mordent la main qui leur donne à manger. Ces Turcs. Et ils sont violents. Très violents. Je ne veux pas entendre parler des Turcs. À quelle heure tu as dit que tu laisseras la chambre ?

– Dans la matinée, après le petit-déjeuner.

III

Ce soir je regarde ma chambre de fausse étudiante avec une tendresse différente parce que ce sera le dernier soir que je passerai ici. À partir de demain je vais vivre dans une maison. Et peut-être que Joseph dormira à mes côtés. Je serre l'oreiller en pensant à ses épaules.

Frau Wittmann a été tellement grossière avec lui, c'est sans doute ce qui l'a fait partir rapidement. Qu'est-ce que je fabrique ? Pourquoi j'insiste ? Je peux encore éviter le pire. C'est impossible. Ce soir Joseph revient encore et encore dans mes pensées. Je me rappelle notre rencontre chez lui et je ressens une joie infinie. Je suis folle, pourquoi est-ce que je vais vivre chez Mario ? Pourquoi, vu que je vais avoir envie de dormir avec Joseph toutes les nuits ? Combien de temps est-ce que je vais pouvoir tenir sans mentionner la relation qu'ils ont ? Je m'en moque, je préfère m'enfoncer dans ses bras et garder le silence. J'ai peur de lui poser des questions que je regretterais aussitôt. J'ai peur de prononcer des mots et qu'ils ne me ressemblent pas. Nous pourrions rester ainsi pour toujours, en silence. Joseph. Joseph.

Frau Wittmann frappe à ma porte. Je lui ouvre avec agacement. Quoi que ce soit elle aurait pu me le dire en bas. Elle me remet 30 euros et elle dit que c'est le restant de mon loyer de ce mois.

Je la remercie et je lui dis à demain.

– Crois-tu en Dieu ? me demande-t-elle avant de s'en aller.

Sa question me déconcerte et je ne sais pas quoi répondre. J'ai peur qu'elle ne recommence à me dire des choses sur les Turcs.

– Pourquoi ? je demande.

– C'est nécessaire de croire en un dieu, tu ne crois pas ? dit-elle pendant qu'elle s'éloigne.

Je ferme la porte et je retourne au lit. J'essaie de me remettre à penser à Joseph mais je ne peux plus. Les 30 euros me rappellent qu'il ne me reste pas beaucoup d'argent. Je projette de vendre l'ordinateur ou l'un des appareils photo de Shanice. Probablement qu'un étudiant sera intéressé.

Huit

I

Miguel Javier écoute en silence, de temps à autre il remue le sucre dans sa tasse de café qui doit être froid. Nous sommes assis à la même table que lors de notre premier petit-déjeuner ensemble au jour de la promenade au château, ce jour où il a prédit ma grossesse. Je lui dis que j'ai préparé mes bagages et que d'ici un moment je remettrai les clefs à Frau Wittmann. Je pensais que tu allais rester plus longtemps, dit-il. Je lui explique que de toute façon je ne pourrais pas rester ici, que la maison de Mario n'est pas loin et qu'il pourra venir me voir quand il le voudra. Je pensais que tu allais rester plus, répète-t-il.

Nous terminons notre petit-déjeuner en silence.

Je me souviens que je n'ai pas rappelé sa sœur. Je le ferai plus tard dans la journée, quand je serai installée et que je pourrai parler tranquillement. Hier soir je n'ai pas pu le faire, après avoir vu Joseph et la conversation hostile avec Frau Wittmann j'ai ressenti une fatigue écrasante même si j'avais dormi toute la journée.

Miguel Javier propose de porter mes valises. Je m'approche de Frau Wittmann et je laisse les clefs sur le comptoir de la réception. Le mois dernier j'avais payé à l'avance, je ne lui dois rien. Bonne continuation, me salue-t-elle sans lever les yeux du journal qu'elle est en train de lire.

Quand le taxi vient nous chercher presque tous les étudiants sont partis pour l'université.

– Et toi, Miguel ? Tu n'as pas cours aujourd'hui ?
– Aujourd'hui je n'y vais pas.

II

La maison de Mario est belle. Ou comme dit le Tucumanais : *ellestbêle*. Nous laissons les sacs dans le séjour et nous visitons tous les recoins. Ça me fait plaisir d'être avec Miguel Javier et de pouvoir lui montrer les affaires de Mario que je ressens maintenant comme les miennes. Ma salle de bain, mes serviettes de toilette, ma cuisine, mes casseroles, mon séjour, mon canapé, ma bibliothèque, ici mon petit jardin, mes plantes, mon arrosoir, mon oiseau mort sur le gazon, répugnant, mangé par les fourmis.

– Touche pas à ça.

– Je veux juste le regarder d'un peu plus près.

– Je vais chercher quelque chose pour l'envelopper et je le jette à la poubelle.

Le Tucumanais entre dans la maison et il revient avec plusieurs serviettes en papier, il enveloppe l'oiseau et il le tient un instant entre ses mains.

– Je vais plutôt le jeter dans la rue.

– Depuis combien de temps crois-tu qu'il est mort ?

– Peut-être un jour, peut-être quelques heures.

Je repense à Shanice et à ceux qui ont trouvé son corps. Je me rappelle avoir vu qu'on l'emmenait dans une housse noire. Le Tucumanais gère habilement l'affaire de l'oiseau. Je vais à la cuisine, je mets de l'eau à chauffer et je cherche dans les tiroirs du buffet une calebasse pour maté qui ne tarde pas à apparaître. C'est une calebasse énorme au rebord en métal et il y a une inscription gravée au milieu qui dit *Souvenir de Buenos Aires*. Je suppose que ce doit être un cadeau et je me demande si Mario, de temps à autre, reçoit des visites d'Argentine. Je fouille parmi les bocaux jusqu'à trouver l'herbe et je propose à Miguel le premier maté de notre séjour allemand.

– Non, merci, je n'aime pas le maté.

– Non ?

– Non, chez moi tout le monde boit du maté, mais pas moi, je trouve ça *hôôrrible* et ça me donne des aigreurs.

Maintenant il va à la salle de bain pour se laver les mains et je pense encore une fois au coup de fil que je dois à Marta Paula. Sans doute que si elle était là elle boirait plusieurs bouilloires de maté avec moi et elle me parlerait de la Feli et de tout ce qu'elle lui a dit. Je ne peux pas la rappeler tant que son frère ne part pas.

Je m'allonge sur le canapé du salon. Miguel s'approche, il examine la bibliothèque et il regarde les disques.

– Il a une bonne bibliothèque ton ami Mario. Il est allé faire quoi à Francfort ?

– Travailler à l'université, je suppose.

– Tu veux que je t'aide à défaire les sacs ?

– Non, ne t'inquiète pas, je le ferai après. Pour le moment je n'ai pas besoin de sortir grand-chose. La moitié des affaires que j'ai là sont à Shanice, je suis arrivée en Allemagne avec une valise et un sac à dos, rien d'autre.

– Tout bien réfléchi je vais accepter ce maté.

Miguel aspire par la paille d'un air dégoûté. Je lui propose du sucre et il en met trois ou quatre cuillerées qui le rendent imbuvable. Nous parlons un moment de la maison et du fonctionnement des appareils : la cafetière, les radiateurs, la chaîne hi-fi, la télévision. Puis il garde le silence comme au petit-déjeuner. Je sais que mon départ de la résidence l'attriste, et je pense que pour moi aussi ce serait difficile d'y rester sans sa compagnie.

– Tu te languis de chez toi, Miguel ?

Le Tucumanais suce la paille d'un air songeur.

– Oui et non. Parfois je pense que je pourrais rester ici toute ma vie et ne plus revoir personne. Mais quand ma mère ou Marta Paula m'appelle je me souviens de plein de choses et ça me donne envie d'être là-bas. Surtout parce que j'ai peur qu'il leur manque quelque chose, qu'il y ait des problèmes. Mon père est vieux et il ne comprend plus rien, il faut dire ce qui est. Ma mère fait la cuisine tous les jours pour eux et pour l'extérieur. Mes sœurs s'occupent de leurs affaires, de leurs enfants, de leurs problèmes. Il n'y a que Marta Paula qui leur donne un coup de main, parce qu'elle vit avec eux, les autres ne peuvent pas. Je l'ai aidée à trouver du travail. Elle est super gentille, mais elle a toujours été à moitié dans la lune, tu comprends ? Elle est tombée amoureuse et elle a eu tout de suite les enfants, elle n'a même pas pu finir le secondaire. Et ensuite son mari s'est trouvé être pire que tout. Il ne leur donne pas d'argent, il ne voit pas les enfants. J'étais en train de mettre de côté pour venir ici et un jour il m'a manqué trois mille pesos que j'avais cachés. Je voulais mourir, parce qu'on peut me faire n'importe quoi, mais penser que ma sœur pouvait me voler je ne pouvais pas le supporter. Alors je l'ai prise entre quatre yeux et je lui ai demandé et j'ai découvert que non, que ce n'était pas elle. Plus tard j'ai su que son mari était passé ce jour-là. Alors j'ai bien compris que ce type est une canaille.

Maintenant Miguel Javier laisse le maté et il se lève du canapé les yeux écarquillés.

– C'est toi qui as ouvert les valises ?

– Non.

Je me redresse et je vois, là où nous les avons laissées, deux des valises de Shanice ouvertes avec les vêtements qui débordent.

– Tu as dû les ouvrir pour chercher quelque chose et tu ne t'en souviens pas, m'accuse Miguel Javier.

– Non, je n'y ai pas touché depuis que nous sommes entrés, je lui réponds.

Et nous voilà à débattre de ça un moment.

– Tu as peur que les fantômes existent ?

– Pas du tout. Elles ont dû s'ouvrir toutes seules, il doit y avoir un défaut dans les fermetures.

III

Midi est passé et le Tucumanais n'est pas parti. Après avoir feuilleté quelques livres dans la bibliothèque, il a allumé la télévision et maintenant il regarde un journal télévisé allemand qui diffuse en ce moment les numéros gagnants du *Lotto*. Je prépare le déjeuner, j'ai trouvé des saucisses, des tomates et du fromage dans le frigo de Mario. Plus tard il faudra que j'aille faire des courses. Plus tard, quand le Tucumanais sera parti et que j'aurai pu appeler Marta Paula. Miguel entre dans la cuisine et il dit qu'il a entendu la sonnette, il me demande s'il ouvre ou si nous faisons ceux qui ne sont pas là.

– Non, vas-y s'il te plaît et regarde qui c'est, je lui réponds en sortant les saucisses de l'eau bouillante avec une fourchette.

Je cherche les assiettes, les verres, une nappe. Miguel revient.

– C'est un ami à toi, dit-il.

– Tu as ouvert ?

– Non.

– Laisse, j'y vais.

Joseph me regarde en souriant quand j'ouvre la porte. Il va falloir que je mette plus de saucisses, je pense. Et, quand je le fais entrer, je pense aussi que sa présence ici transforme cette maison en un lieu idéal.

Je le présente au Tucumanais qui le regarde estomaqué puis comme si de rien n'était nous passons tous les trois à table et nous déjeunons.

Miguel Javier demande à Joseph ce qu'il fait dans la vie. Joseph répond qu'il aide dans le magasin de sa famille et qu'il est aussi photographe. Je parle des photos de Joseph, je répète comme un perroquet les paroles de Mario : le travail de Joseph vaut réellement la peine. C'est un travail significatif, solide.

Le Tucumanais mange en silence. Il est troublé, ça se voit sur son visage. Tout à l'heure il a renversé son verre sans le vouloir et il a dû entourer son assiette de serviettes pour sécher l'inondation. Quand nous finissons de manger il reste assis et il ne m'aide pas à débarrasser. Joseph se propose pour faire la vaisselle. Miguel Javier me suit du regard sans bouger de sa chaise.

– Je crois que ça me ferait du bien de me reposer un peu, je dis.

– Je m'en vais, répond-il.

Et avant que j'aie pu lui dire quoi que ce soit il se lève, il met son blouson et il marche vers la porte.

– J'ai tout compris, dit-il en serrant les dents.

Et il s'en va.

IV

Rester avec Joseph dans cette maison, seuls, me fait rêvasser à l'idée de fonder une famille. Je le vois en train d'essuyer les assiettes, de poser les choses à leur place, de préparer du café. Il se déplace avec assurance dans la cuisine, il ouvre les bons tiroirs, il trouve rapidement les torchons, les tasses, les petites cuillères. Je me demande combien de fois il est déjà venu ici auparavant mais je m'efforce de ne pas y penser.

– Je crois que tu as été un peu cruelle avec ton ami.
– Avec Miguel Javier ? Pourquoi ?
– C'est évident qu'il est amoureux de toi.

Joseph s'approche, il entoure mon visage avec ses mains et il m'embrasse sur la bouche. Est-ce que c'est pour cet instant que je me suis aventurée à monter dans un avion sans aucun plan ? Parce que ce n'est pas un plan de revenir sur les lieux de son enfance sans aucun projet d'adulte.

Je tressaille en pensant à tout ce que j'ai laissé derrière, à ce que j'aurais pu faire à Buenos Aires pendant tout ce temps, à mon travail, à ma famille, à Santiago. Que serais-je devenue, là-bas ? Que serais-je devenue ici, si mes parents n'étaient pas rentrés en Argentine ?

– On ne peut pas baiser, je dis maladroitement à Joseph et je lui explique que c'est un ordre médical valable seulement pour quelques jours.

Alors il me regarde comme s'il se souvenait de ma grossesse, il me demande comment je me sens, quels sont mes projets pour quand le bébé naîtra.

– Je ne sais pas, je réponds.

Et c'est la vérité, je ne sais pas.

Tout à coup je revois la tête d'abruti du type qui pourrait être le père de mon enfant, pas Santiago, Santiago a l'air intelligent bien qu'il ne le soit pas trop. L'autre, Leonardo, le type de l'agence immobilière. Je n'ai jamais voulu beaucoup y repenser mais son souvenir s'imprime maintenant entre mes tempes. Une tête d'abruti, oui, comme si j'étais en train de le revoir au moment où il m'a dit de rester dormir avec lui en m'appelant ma jolie, ma petite et même bébé.

Joseph dit que je saurai quoi faire quand le moment sera venu. Il m'est impossible d'entendre ça tranquillement, "tu sauras quoi faire" ne l'inclut pas du tout. Et ici, maintenant, la seule chose que je veux c'est que ça dure, que ça dure longtemps, si possible pour toujours.

Nous tombons dans un silence qu'entrecoupent sporadiquement des commentaires formels, sur le froid qu'il a fait ces jours-ci, mon départ de la résidence, sa prochaine exposition de photos la semaine qui vient. Je lui demanderais bien de rester cette nuit mais je le vois inquiet et je n'en ai pas le courage. Je lui raconte l'oiseau mort que nous avons trouvé avec Miguel Javier dans le jardin ce matin, la façon dont le Tucumanais a su s'en débarrasser sans dégoût. Dès qu'il me sourit je dis presque sans respirer :

– J'aimerais bien que tu restes aujourd'hui.

– Il y a une chose que tu dois savoir, répond-il.

Je prépare tous mes muscles à entendre, mes jambes, mes mains, mon cœur, tout.

– Mario est malade et il est allé à Francfort pour suivre un traitement.

– Un traitement ? Quel traitement ? Qu'est-ce qu'il a ?

– Un problème hépatique qu'ils n'ont pas encore pu diagnostiquer.

– Il faudrait que j'aille le voir.

– Non, il m'a demandé de ne rien te dire. Quand il reviendra nous verrons comment il va et comment l'aider.

J'imagine Mario dans un lit d'hôpital et j'ai les genoux qui flanchent. Joseph me prend dans ses bras, nous marchons vers le canapé et nous restons un long moment allongés à regarder le plafond.

– Je reste dormir là cette nuit, dit-il et je me blottis contre son corps.

V

Joseph et moi parlons en allemand, en général il emploie des phrases et des mots faciles quand il est avec moi. Pour dire que la nuit que nous avons passée ensemble a été incroyable il dit : j'ai bien dormi. Puis il m'embrasse et il se lève en annonçant qu'il va préparer du café. Hier soir nous n'avons pas baisé, cependant je crois que ça a été l'une des nuits les plus intenses de ma vie. Avec quoi la comparer ? Une transfusion sanguine, un tremblement de terre de bonheur, quelque chose comme ça. Encore au lit je l'écoute se déplacer en bas dans la cuisine, j'essaie de me rappeler son corps dans la pénombre d'hier soir. Je revis la sensation de sa poitrine contre mon dos, de ses mains soulevant mes cheveux pour m'embrasser dans le cou. Et la sonnerie du portable de Shanice qui n'arrêtait pas. La troisième fois qu'il a sonné je me suis levée pour répondre. J'étais nue, je me suis emmitouflée dans une couverture et j'ai descendu l'escalier sans rien comprendre, inquiète, en pensant à Mario. C'était Marta Paula. Elle parlait très bizarrement. Sa voix était rauque, on ne la reconnaissait presque pas. Je lui ai demandé pardon de ne pas l'avoir rappelée comme je l'avais promis. Elle disait "il faut qu'on parle", "il faut qu'on parle". Elle le disait mécaniquement et de temps à autre elle s'interrompait pour pousser une sorte de lamentation, un geignement de pleurs contenus qui m'a beaucoup angoissée.

– Mais qu'est-ce qu'il y a ?

– C'est parce que je suis allée chez la Feli que je suis comme ça. Elle m'a fait quelque chose, je ne sais pas… Elle m'a rendue malade. Elle m'a dit de te dire que… enfin voilà… si tu vas t'occuper de cette dame, la mère de la morte, que c'est un poids très lourd… et que moi… qu'est-ce que j'avais fait des chaussures. Rien, doña Feli, je les ai à la maison. Et là elle rigole à moitié et elle me dit, elle me demande si je vais les porter quand on me mettra moi aussi dans un sac noir. Quel sac noir ? je lui demande. Personne ne connaît son destin, mais toi quelle vie merdique tu as, elle dit. Comment ça, une vie merdique ? Et là elle me fait une grimace comme si elle était fatiguée de parler avec moi, mais j'ai insisté, et alors elle a dit tôt ou tard on finit tous dans un sac noir, que je n'ai qu'à te demander à toi. Et elle m'a dit autre chose, mais maintenant je ne sais plus…

– Ne va plus dans cet endroit, Marta. Oublie tout ça.

– Les chaussures, je les ai jetées.

– D'accord, ça me semble bien.

– C'est quoi le sac noir ?

– Aucune importance, oublie ça.

Là-dessus nous nous sommes tues toutes les deux et j'ai entendu un bruit de musique, de la cumbia et des gens qui parlaient. Je lui ai demandé où elle était et elle ne m'a pas répondu. Puis elle m'a dit que ça faisait plusieurs jours qu'elle avait des insomnies. Je lui ai dit qu'elle allait se sentir mieux quand elle arriverait à se reposer. Qu'on se reparlerait demain.

Quand je suis retournée au lit j'ai raconté à Joseph, à moitié et comme je le pouvais, qui était Marta Paula et notre amitié depuis le colis avec les chaussures, le coup de la Feli, et la mauvaise tournure que toute l'affaire avait prise. Il a dit que ça lui semblait une histoire fascinante mais ensuite il m'a enveloppée à nouveau dans ses bras et dans ses jambes et nous n'avons plus parlé de rien d'autre.

Neuf

I

Je me réveille chez Mario et je mets quelques instants à me situer. La lumière du matin entre d'une façon différente que dans ma chambre à la résidence, mais semblable à celle de ma maison de Buenos Aires. Joseph n'est pas à côté de moi, je l'entends rôder dans la cuisine. Qu'est-ce qu'il fabrique ? Pourquoi est-ce qu'il ne m'a pas réveillée ? Je me lève, pendant que je cherche un pantalon et un T-shirt parmi les affaires des valises un souvenir me percute : Santiago préparant le petit-déjeuner, moi cherchant quoi mettre pour aller au travail, Ringo allant et venant entre les deux, exigeant par le va-et-vient de sa queue sa promenade du matin. Maintenant, dans cet endroit que je ne connais presque pas, je me souviens de cette maison avec une douleur irrépressible, avec la culpabilité de l'abandon, avec la certitude que je ne retournerai plus vivre là-bas.

Je descends et je vois Joseph dans la cuisine, il a préparé du café et mis du pain à griller. Il dit qu'il va bientôt devoir s'en aller. Nous ne parlons presque pas. J'aimerais que nous retournions au lit ou bien lui dire au revoir à la porte une fois pour toutes et rester seule. Je lave les tasses que nous venons d'utiliser. Joseph se déplace dans la maison, il va à la salle de bain, il cherche de l'eau dans le frigo, il sort dans le jardin et il fume. Je suis énervée, pourquoi reste-t-il puisqu'il a dit qu'il devait partir ?

Je devrais parler avec Mario, savoir comment il va, s'il a besoin de quelque chose. Je laisse ce que je suis en train de faire et je demande à Joseph le numéro de téléphone de la clinique où se trouve Mario. *Je ne le sais pas*, me répond-il. Un nom, quelque chose pour chercher l'endroit sur Internet. Mario n'utilise pas de téléphone portable et je dois le localiser d'une façon ou d'une autre. Mais Joseph ne sait rien ; Mario ne veut pas que nous le trouvions, dit-il. Comment peut-il être si sûr de lui, si tranquille ?

Je veux rester seule, je dis. Joseph éteint sa cigarette et il me regarde en silence un instant. *On se voit après ?* demande-t-il. Je lui réponds que oui, et il s'en va.

II

Seule ici, la maison paraît immense. Je passe des heures à retourner les affaires de Mario et les boîtes avec les souvenirs que nous avions regardés le jour de nos retrouvailles apparaissent. Je lis mes propres lettres écrites avec une écriture d'enfant. Dans certaines je lui demande de venir nous rendre visite bientôt à Buenos Aires, dans d'autres je lui dis que je voudrais moi venir lui rendre visite en Allemagne et vivre avec lui dans le château d'Heidelberg. Toutes terminent avec ma signature, qui n'a pas beaucoup changé depuis, et le dessin d'un cœur ou d'une étoile.

Entre les lettres et les cartes postales il y a aussi des photos. Je me souviens immédiatement du Kodak que nous avions, carré, avec le cube du flash qui s'insérait sur le dessus. Je crois que beaucoup de ces photos ont été prises avec cet appareil. Je suis sur plusieurs, dans la maison de la Keplerstrasse, sur un toboggan construit sur un talus, dans une forêt près d'un lac à côté de lui. Dans cette dernière des animaux étranges apparaissent sur le côté droit de l'image. Je reste un long moment figée devant cette photo, je n'arrive pas à distinguer ce que c'est, si ce sont des chèvres, des bisons nains ou quoi d'autre. Toutes ont une inscription derrière : la date et une brève description de l'endroit. Je suis étonnée que les animaux ne soient pas du tout mentionnés.

Au milieu des cartes postales il y a une photo en noir et blanc de plusieurs hommes sur les marches de ce qui ressemble à un bâtiment public, derrière une calligraphie délicate dit : Université de La Plata, 1975. Et le nom de chacun. Il s'agit de plusieurs professeurs mêlés à quelques étudiants. Mon père est là, parmi les professeurs, dans un costume qui semble le serrer et très souriant. Mario est là aussi, sur le côté avec une chevelure abondante, des lunettes à l'épaisse monture noire et il ne doit pas avoir plus de vingt-cinq ans.

Dans une des boîtes je trouve une poignée de lettres attachées avec un ruban bleu. Je dénoue le ruban avec soin, en sentant plus de curiosité que de culpabilité. Ce sont cinq lettres adressées à Mario par Elvio, son petit ami décédé. Je lis la première datée de mars 1979, Elvio écrit au moment où il est détenu dans ce qu'il appelle "la caverne", il assure qu'on le laissera sortir à la fin du mois et qu'ils pourront se retrouver au Mexique, en Espagne ou en Allemagne. La lettre est cryptique, avec des mots probablement codés et des passages indéchiffrables, cependant c'est sans doute le texte le plus douloureux que j'aie lu de ma vie. Je saisis au milieu des phrases raturées les mots "remords", "enfer", "évanouissement". Le papier a jauni avec les années, il a l'air d'avoir été beaucoup manipulé et il est déchiré dans les plis. "On me sort à la fin du mois et je ne sais pas où on m'emmène, mais nous allons nous revoir", répète-t-il plus bas.

Quand je la termine je n'ai pas la force de lire les quatre autres. Je vais à la cuisine à la recherche d'un torchon ou de quelque chose qui serve à sécher mes larmes, et pour boire de l'eau. Regarder ces boîtes, m'être plongée dans ces photos et ces vieux papiers m'ont donné une soif terrible.

De la fenêtre de la cuisine je vois la cour et le petit jardin. En quelques jours il s'est rempli de feuilles mortes de tous les côtés. Je voudrais tout garder propre et ordonné pour quand Mario rentrera, je ne sais pas quand mais j'espère que c'est pour bientôt.

III

J'avais décidé de ne pas remettre les pieds à la résidence. Les adieux avec Frau Wittmann ont été suffisamment hostiles pour me faire sentir que je n'avais rien à faire là-bas.

Mais le Tucumanais vient d'appeler en me demandant de venir tout de suite :

– Nous sommes avec Frau Wittmann et quelques autres en train d'essayer de calmer Mme Takahashi qui demande après toi. Nous n'arrivons absolument pas à la calmer. Elle est hors d'elle.

Je le supplie de ne pas lui donner ma nouvelle adresse et je lui assure que je serai là-bas au plus vite.

Quand j'arrive Miguel Javier me reçoit à la porte, le panorama à l'intérieur est insolite : Mme Takahashi s'est couchée à plat ventre sur l'une des tables du réfectoire et elle la serre dans ses bras en balbutiant des mots en japonais qu'elle intercale avec des phrases en anglais.

Frau Wittmann marche autour de la table et elle menace d'appeler la police. Quelques étudiants observent à une distance prudente et ils rient nerveusement. Je crois qu'elle a une crise, dit le Tucumanais. Elle demandait après toi, elle marchait de long en large et puis elle est montée sur la table.

Frau Wittmann presse le pas vers moi et elle me prend par les épaules.

– Je ne sais plus quoi faire, confesse-t-elle épuisée.

Je comprends que je dois m'approcher et parler avec la Japonaise. Ils attendent tous ça. Je marche lentement jusqu'à atteindre le côté où se trouvent ses pieds et je longe la table jusqu'à atteindre sa tête. Madame Takahashi… Elle ne me voit pas, couchée sur le côté et le regard perdu elle répète : *I'm not leaving here.*

– C'est moi, madame Takahashi.

Mme Takahashi me regarde, elle descend de la table et elle cherche une chaise pour s'asseoir. Ses mouvements sont si élégants qu'ils semblent effacer le spectacle ridicule qu'elle vient de donner.

– J'avais besoin de te voir. Quand je suis arrivée et que j'ai appris que tu ne vivais plus ici je me suis un peu affolée. Rien de plus. Je te cherchais parce que je ne savais pas quoi faire dernièrement. Tu peux, toi ?… Tu sais, je ne voudrais pas rentrer dans mon pays mais ma carte de crédit ne fonctionne plus et mon mari ne répond pas à mes appels. Tu as été une bonne amie de ma fille et tu peux m'aider. Tu sais, j'ai acheté trop de choses mais ce n'est pas encore le moment de rentrer. Mon mari… mon mari n'aurait pas dû me laisser ici toute seule.

Mme Takahashi s'interrompt maintenant et elle couvre son visage avec ses mains. Frau Wittmann et le Tucumanais debout sur un côté plantent leurs regards sur moi dans l'espoir que je sache quoi faire ou quoi dire.

– Elle ne peut pas rester ici, je lui ai déjà expliqué que c'est une résidence pour étudiants.

La voix rauque de Frau Wittmann résonne dans tout le réfectoire.

Mme Takahashi sanglote : "Ma fille était une très bonne étudiante. Très bonne ! Je devrais prendre sa chambre pendant un temps."

J'essaie de penser, de trouver la façon d'aider rapidement et de pouvoir m'en aller. Mais Mme Takahashi découvre son visage et elle prend mes mains avec ses doigts froids.

– Laisse-moi aller avec toi, au moins pour cette nuit. Je ne peux plus retourner à l'hôtel, fais-le pour Shanice, fais-le pour moi, je n'ai personne d'autre.

IV

J'ai fait tout mon possible pour ne pas en arriver à cette situation. J'ai essayé de localiser M. Takahashi depuis le téléphone de la résidence, j'ai proposé de parler à l'ambassade du Japon, j'ai supplié Frau Wittmann de faire une exception pour une nuit et de l'héberger, mais rien n'a fonctionné. À un moment j'ai eu l'idée de m'en aller tout simplement, sans donner d'excuses ni fournir d'explications, mais un remords horrible m'en a empêchée. Mme Takahashi était là au bord de la ruine, sur le point de rompre comme le tronc sec d'un arbre malmené par l'orage, avec ses yeux implorants posés sur moi.

Maintenant assise dans le séjour de ma nouvelle maison on dirait qu'elle s'est un peu remise de ses émotions. Silencieuse et sereine elle ébauche un sourire et elle acquiesce de la tête à tout ce que je lui dis :

– Madame Takahashi, je prépare un thé ? Madame Takahashi, quand vous voudrez prendre un bain je vous apporterai une serviette propre, madame Takahashi, demain nous irons à l'ambassade régler votre situation, vous devez rentrer chez vous au plus tôt.

Je sers le thé et j'allume la télévision. Je cherche un film ou une émission de divertissement, quelque chose qui nous transporte dans un endroit moins embarrassant, quelque chose qui arrête nos pensées pendant un moment. Je m'arrête sur un vieux film en noir et blanc : Audrey Hepburn et Gregory Peck se promènent dans Rome et parlent doublés en allemand. Mme Takahashi semble intéressée. Elle regarde le téléviseur en relevant les sourcils, comme si elle se rappelait quelque chose et puis elle soupire. C'est un beau film, je lui dis. Elle hoche la tête. Ça m'inquiète qu'elle ne parle pas, depuis que nous sommes arrivées elle n'a pas prononcé un mot. Je la regarde du coin de l'œil, elle semble enchantée par ce qu'elle voit. Je feins d'être concentrée sur les images pendant que j'organise mentalement les démarches à faire. Premièrement il faudra que je vérifie où se trouve l'ambassade du Japon ou ses consulats en Allemagne, je ne crois pas que ce soit à Heidelberg. Deuxièmement il faudra faire en sorte que quelqu'un puisse l'accompagner, peut-être Miguel Javier… Je ne me permettrais pas de demander ça à Joseph et je ne voudrais pas m'éloigner de cette maison tant que Mario n'est pas rentré. Pourquoi est-ce que Mario n'appelle pas ? Il saurait comment arranger ça.

Mme Takahashi soupire, elle semble dans un autre monde. Avec l'excuse de préparer plus de thé, je me lève du canapé et je vais à l'ordinateur pour chercher l'adresse de l'ambassade. Je la trouve tout de suite : Hiroshimastrasse 6, Berlin. Il y a aussi un siège à Francfort, peut-être que demain de bonne heure je pourrais accompagner moi-même Mme Takahashi et chercher Mario. Passer la journée à Francfort, ou le temps qu'il faudra. Laisser tout en ordre, les plantes arrosées, la maison fermée et régler tout ça. Si nous partons d'ici très tôt nous pourrions être au siège de l'ambassade dès qu'ils ouvriront, là-bas j'expliquerai la situation à qui nous recevra : cette femme est en état de choc, seule, sans argent et loin de son pays. S'il vous plaît, aidez-la, c'est votre obligation. Et ensuite chercher Mario, le chercher dans toutes les cliniques de Francfort, qui ne doivent pas être si nombreuses. Et si je le trouve le ramener chez lui, ou rester là-bas avec lui, l'aider avec ce dont il aura besoin jusqu'à ce que nous puissions rentrer.

V

Je sens les mains froides de Mme Takahashi sur ma tête et je fais un bond qui me lève de la chaise.

– Tu as de beaux cheveux, dit-elle, tu devrais les laisser pousser jusqu'à la taille.

– Vous m'avez fait peur… Le film est fini ?

– Oh, oui. C'est un vieux, vieux film. Je crois que les acteurs sont morts maintenant. Ils étaient si beaux. J'ai pu me rappeler ces rues de Rome très clairement. Tu crois que je pourrai y retourner un jour ? Moi je ne crois pas. Le temps a passé. Merci de m'avoir amenée chez toi ce soir, tu as été très gentille.

J'éteins l'ordinateur, mais le site de l'ambassade avec le drapeau flamboyant du Japon en page d'accueil met quelques instants à disparaître de l'écran.

– Allons manger quelque chose dehors, je lui dis. C'est moi qui invite.

La Japonaise sourit et elle parle posément.

– Je préférerais que nous restions ici. Tu as une maison tellement accueillante, et j'ai passé tant de soirées à dîner dans des restaurants... Il n'y a rien de tel que la chaleur d'un foyer, tu ne crois pas ? Oh, on se sent tellement bien ici. Tellement bien que j'avais oublié que c'était possible.

Mme Takahashi a raison. Ce sera mieux de rester ici et tout préparer pour le voyage de demain. Je peux faire des spaghettis, ouvrir du vin et planifier avec elle notre départ pour Francfort. Si j'arrive à être convaincante, si je parviens à ce qu'elle me prête attention, elle comprendra que c'est le mieux pour elle et nous pourrons passer la nuit tranquilles.

– Vous aimez les pâtes, madame Takahashi ?

– Les pâtes ? Oui, bien sûr. J'avais l'habitude d'en manger souvent quand j'étais enceinte de Shanice.

– Ça doit être commun aux grossesses, parce que moi aussi...

– Tu sais quel prénom tu donneras à ton fils ?

– Non, pas encore. Je ne sais même pas son sexe.

– Je pense que tout doit être plus simple avec un garçon. Tu sais, Shanice et moi, nous ne nous sommes jamais comprises, ou ce qui est pire, nous nous comprenions trop.

– Ça ne peut pas être si mauvais.

Mme Takahashi sourit avec une grimace amère et elle caresse son front avec ses longs doigts. La voir impressionne, elle est belle et terrifiante à la fois. Je marche vers la cuisine et elle me suit à pas très lents. Pendant que je prépare les choses que nous allons manger elle m'observe immobile, en souriant à peine et en inclinant sa tête sur le côté comme si elle pesait trop lourd.

– Je souhaite que tu aies un garçon, tu ne mérites pas tant de souffrance.

– N'exagérez pas, s'il vous plaît, passons un agréable dîner. Demain sera une journée agitée. Nous prendrons le train de six heures quinze pour arriver à Francfort avant huit heures et être au consulat dès qu'ils ouvrent. Tout va bien se passer, vous verrez. Vous serez bientôt chez vous.

Mme Takahashi garde le silence pendant que je termine de préparer la sauce, ouvrir le vin, égoutter les spaghettis.

Une fois assises à table j'essaie de lui expliquer avec plus de précision et d'optimisme le plan pour qu'elle puisse rentrer au Japon. Elle ne dit rien, elle joue dans son assiette avec sa fourchette pendant qu'elle m'écoute et elle goûte à peine la nourriture. Je propose un toast, je sers du vin dans son verre et dans le mien je le mélange avec de l'eau. À l'avenir, dis-je, sans être très convaincue. La Japonaise suit le mouvement d'une façon presque mécanique, elle boit puis elle se remet à parler d'une voix basse et posée :

– Qu'est-ce que tu faisais toi le jour de l'incident ?

– Vous voulez dire le jour de la mort de Shanice ?

– Oui, le jour de son suicide.

– C'était un lundi. J'étais allée à l'hôpital de bonne heure. C'était la première fois que je consultais le docteur pour la grossesse. À midi nous avons déjeuné avec Miguel Javier à la cafétéria de l'université. J'ai reconnu l'endroit, je me suis souvenue que je déjeunais là avec ma mère quand j'étais toute petite. Ensuite j'ai marché seule un long moment et vers six heures je suis rentrée à la résidence.

– Et à quoi tu pensais quand tu marchais seule ?

– Je ne me souviens pas.

Takahashi soupire et elle me regarde dans l'espoir que je poursuive le récit de cette journée. Je ne sais pas quoi dire de plus. Je ne veux pas lui raconter la police, les étudiants qui pleuraient hystériques, le sac noir dans lequel on a emporté le corps de sa fille. La Japonaise insiste avec son regard avide.

Je lui dis que les jours d'avant avaient été amusants, je lui raconte la soirée karaoké, comment sa fille animait la fête et semblait la maîtresse des lieux, qu'elle avait l'air contente, radieuse, que nous avons tous été très surpris par sa décision. C'est ce que je dis, mais ce n'est pas vrai. Son suicide ne m'a pas étonnée, il m'a attristée parce que dès que je l'ai su ça m'a semblé une chose annoncée. Je la revois dans ma mémoire le soir du karaoké et je sais que ce qu'elle distillait n'était pas de la joie, c'était de l'anxiété, c'était une angoisse horrible cachée sous des couleurs criardes et une musique stridente.

Dix

I

Je regarde le réveil, il est quatre heures et demie du matin. Quelque chose, un mouvement à l'intérieur de mon ventre m'a réveillée. C'est une sensation nouvelle depuis le début de la grossesse. J'aimerais le raconter à quelqu'un, mais il n'y a personne à côté de moi que je pourrais réveiller pour le lui dire : je crois que notre enfant a bougé pour la première fois. Je respire profondément et je remonte la couverture jusqu'en haut de mes épaules. J'attends un moment que le mouvement réapparaisse, je me mets d'un côté et de l'autre mais il ne se passe rien. Je pressens que je n'arriverai pas à me rendormir. Quoi qu'il en soit dans une demi-heure sonnera l'alarme que j'ai programmée pour petit-déjeuner, réunir nos affaires et arriver à temps à la gare. Je me lève et j'allume la lumière. Hier soir, après avoir installé Mme Takahashi dans le canapé du salon et avant de me coucher, j'ai préparé un sac à dos avec mon passeport, de l'argent et quelques vêtements au cas où je doive rester à Francfort plusieurs jours. Je vérifie qu'il ne manque rien. Je veux aussi appeler Joseph et le prévenir que je ne rentrerai pas avant d'avoir trouvé Mario. Je vais lui dire que ma décision est prise, peu importe ce qu'ils ont pu en dire avant. Mais le jour n'est pas encore levé et je dois attendre. Je retourne me coucher, je regarde le plafond, je suis inquiète. Je me demande si Mme Takahashi a pu dormir. Je ressens de la peine pour elle. De la peine et une inquiétude très grande quand elle dirige son regard vers moi comme si elle voulait dire : tout va empirer, personne n'est à l'abri nulle part. Parfois elle me provoque un frisson qui contracture tout mon corps. Tout à coup j'ai terriblement sommeil, mais c'est déjà l'heure d'attaquer la journée, de démarrer le périple pour trouver une solution. Hier je pensais que tout ça allait m'être plus facile. J'avais même une espèce de curiosité de voir Mme Takahashi au milieu des Japonais de l'ambassade en train d'expliquer sa situation. Maintenant j'ai la sensation d'une mission absurde, d'une obligation excessivement lourde et chaque mouvement pour sortir du lit se transforme en lutte contre moi-même. La maison est plus froide que d'habitude, je me demande si la Japonaise a touché au chauffage. C'est bizarre, mais peut-être qu'il faisait trop chaud dans le salon et qu'elle a décidé de l'éteindre. C'est notre dernier jour ensemble et une fois que je l'aurai laissée au consulat elle ne va plus rien recevoir de moi, c'est fini, je répète intérieurement et je m'habille avec les vêtements les plus chauds que je trouve.

II

J'allume les lumières du salon. Sur le bord du canapé se trouvent les draps pliés et l'oreiller que j'ai passés hier soir à Mme Takahashi, mais elle n'est nulle part. Je l'ai cherchée dans la salle de bain, dans la cuisine, je suis sortie au jardin en pensant pouvoir la trouver là en train de gober les mouches, d'embrasser un arbre ou quelque chose dans le genre. Qu'est-ce qu'elle a fait ? À quelle heure est-elle partie ? Où est-elle ? Avec quel argent ?

J'attends un moment allongée sur le canapé, peut-être qu'elle est seulement sortie un instant ; mais ses affaires ne sont pas là. Elle ne va pas revenir, je pense, et moi je ne vais pas aller à Francfort. Ni par le train de six heures quinze, ni par celui de huit heures, ni aucun autre.

Plus tard je vais trouver Joseph. Il croit que Mme Takahashi va revenir d'un moment à l'autre et que je dois réfléchir à ce que je vais faire si cela se produit. Je remarque qu'il ne me regarde pas quand il parle, il est occupé à je ne sais trop quoi, il range et jette des papiers, il reçoit et répond à des messages sur son téléphone portable. Il dit qu'il aimerait déjeuner avec moi mais que malheureusement il est à la bourre. Je ne sais pas ce qu'il doit faire, mais je ressens quelque chose comme de la jalousie de le voir s'agiter avec un but. Moi je ne fais rien, mais je me souviens que je vivais toujours au pas de course à Buenos Aires et je voudrais raconter à Joseph que ma vie n'a pas toujours été cette déambulation contemplative, que moi aussi je recevais et répondais à des messages à chaque instant et que j'étais en retard, et que je partais toujours à la bourre, et qu'à Buenos Aires être à la bourre est une chose beaucoup plus compliquée que dans ce village de jouet. Joseph s'excuse tout en enfilant son manteau et il me passe le mien que je viens de retirer.

– Tu vas de quel côté ? demande-t-il à la porte.

– Du côté du vieux pont, je lui réponds en faisant semblant d'avoir quelque chose à faire par là.

– Alors je ne peux pas t'accompagner, dit-il.

Il dépose un baiser sur mon front et il part en courant dans la direction opposée.

Depuis que je suis ici je marche d'un point à un autre sans raison ni nécessité. Par exemple je me dis : allons jusqu'à la Markplatz, et quand j'y arrive je me dis : maintenant allons jusqu'à la cathédrale. En ce moment je marche vers le vieux pont, comme je l'ai dit à Joseph, et je ne sais pas ce que je ferai une fois que j'arriverai là-bas. Si quelqu'un me posait la question, je pourrais dire que je suis venue à Heidelberg pour marcher, pour dormir et pour marcher. Dormir et marcher ne semblent pas grand-chose, mais ce sont deux bonnes choses.

Ces jours-ci la température a beaucoup baissé et on ne voit plus autant de touristes dans les rues. À Buenos Aires la chaleur a dû commencer depuis un moment, cette chaleur humide de la fin d'année. Je pense à tout le monde là-bas, j'imagine les vêtements qu'ils portent, s'ils ont du mal à dormir la nuit. J'ai toujours aimé les nuits d'été, l'odeur de l'anti-moustique, le bruit du ventilateur, la joie de vaincre le sommeil jusqu'à l'aube. La nuit où j'ai dormi avec Leonardo, le type de l'agence immobilière, le probable père de mon enfant, il faisait une chaleur incroyable alors que ce n'était pas encore l'époque pour ça. Le printemps n'existe plus m'a-t-il dit, maintenant c'est comme ça, de l'hiver on passe direct à l'été, et il a continué à parler des atrocités climatiques auxquelles nous serions soumis nous ou nos descendants. Je n'arrive presque pas à me rappeler son visage, je me souviens seulement de la chaleur et de l'odeur de la vodka, et que je me suis serrée contre ce corps étranger avec une supplication inaudible : ne parle plus.

Peut-être qu'un moment viendra où je désirerai de toutes mes forces rentrer à Buenos Aires, ou peut-être que ça ne m'arrivera jamais. J'essaie de reconstruire la sensation que mes parents ont pu vivre, la décision forcée de demeurer loin de leur pays. Mais moi rien ne m'empêche de rentrer, de poursuivre ma vie comme elle était. Mais ma vie comme elle était ne sera plus jamais possible. Je m'arrête sur le pont. Accoudée au parapet, j'observe le Neckar, qui ce matin s'étend solitaire. Avant de venir je pensais que cet endroit se serait trop urbanisé, mais non, il semble exactement pareil que quand je l'ai connu. Rien n'a beaucoup changé dans cette ville qui d'une certaine manière a échappé aux bombes et aux autres attaques furieuses de l'histoire.

Je parcours du regard les berges du Neckar jusqu'à voir apparaître devant moi un tableau qui m'inquiète tellement que je dois fermer les yeux, me détourner entièrement et m'asseoir afin de décider si j'ai bien vu ce que j'ai cru voir. Là, au bord de la rivière, déchaussée, Mme Takahashi essaie de mettre un de ses pieds dans l'eau. Pourquoi suis-je convaincue que c'est elle ? C'étaient ses cheveux raides ébouriffés, sa robe noire à manches longues ; mais c'était trop loin pour l'affirmer, ce pourrait être quelqu'un d'autre, ce pourrait être n'importe quoi.

III

Je m'enferme à la maison, c'est-à-dire dans la maison de Mario. Sortir par ce froid n'était pas une bonne idée et je dois commencer à prendre soin de ma santé. J'allume le chauffage qui s'est éteint pendant la nuit. De toutes les maisons dans lesquelles il m'a été donné de vivre ces dernières années je crois que celle-ci est la plus confortable. Je me lève et je lave les tasses et les verres que j'ai laissés par là, j'essaie de faire mon possible pour maintenir l'ordre de Mario. Je veille à ne pas apporter de nourriture dans la chambre et à replacer les livres dans la bibliothèque après les avoir lus. Je trie la poubelle en verres, papiers, plastiques et choses organiques, j'arrose les plantes, et quand ce sera nécessaire je passerai l'aspirateur sur le tapis du salon.

Il aurait été préférable de donner à Mme Takahashi tout l'argent qui me restait pour qu'elle se trouve un endroit et qu'elle contacte son mari ou n'importe qui d'autre. Je n'aurais jamais dû l'amener jusqu'ici. J'essaie de penser à autre chose, mais son image sur la berge de la rivière me revient encore et encore. Je regarde la rue à travers la fenêtre, on dirait qu'il fait vraiment très froid dehors. Les rares piétons que je vois passer sont couverts jusqu'aux oreilles. J'allume la télévision, la femme du journal annonce un hiver rude, avec des vents glaciaux venant d'ici et de là qu'elle indique sur une carte géante de l'Allemagne. Ensuite ils montrent des images de manifestations dans plusieurs villes, des étudiants, des organisations des droits de l'homme et des migrants protestent contre les coupes budgétaires pour recevoir les réfugiés. Une femme portant un bébé dans ses bras pleure, je ne comprends pas ce qu'elle dit. Les images des manifestants s'intercalent avec d'autres de bateaux bourrés de gens, de sauvetages de barques sur le point de couler, des hommes, des femmes et des enfants risquant leurs vies pour entrer en Europe. La présentatrice du journal parle de 800 000 demandeurs d'asile depuis le début de l'année.

Des coups à la porte me font sursauter, j'éteins la télévision et je reste immobile. Mme Takahashi, je pense, mais elle n'a pas la force de frapper de cette manière. *Qui c'est?* je demande sans bouger de ma place. J'entends la voix de Miguel Javier, il me demande de lui ouvrir. Je reconnais sa voix mais je ne l'ai jamais entendu aussi sérieux, aussi grave, aussi décidé. Quand j'ouvre il entre sans me saluer et il déboule à grands pas jusqu'au milieu du salon. Il ne me regarde pas, il ne veut pas s'asseoir, tout son corps semble contenir l'impulsion de casser ce qu'il y a sur son passage.

– Tu sais quelque chose sur ma sœur ? dit-il.

– Comme quoi ? je demande.

– Tu as des nouvelles d'elle? Tu sais où elle est?

Je repasse dans ma mémoire notre dernière conversation téléphonique, je fais le compte des jours.

– Ça fait pas mal de temps qu'on ne s'est pas parlé.

– C'était quand? Elle était où?

– Je ne sais pas, c'était il y a plusieurs jours.

Le Tucumanais a les yeux plein de larmes, il marche lentement et il s'assied au bord du canapé. Je comprends que quelque chose de grave est arrivé à Marta Paula, je me souviens maintenant de son ton angoissé et de certaines des dernières phrases que je l'ai entendue dire: "C'est parce que je suis allée voir la Feli que je suis comme ça." "Elle m'a fait quelque chose."

Je m'assieds à l'autre extrémité du canapé, je balbutie quelque chose à propos de ce dernier appel. Miguel Javier regarde le sol pendant que je parle. *Elle a disparu*, m'interrompt-il, *ça fait deux jours que chez moi ils n'ont plus de nouvelles d'elle.*

J'essaie de le rassurer, je m'approche pour le prendre dans mes bras mais il me repousse d'un geste brusque.

– Elle va réapparaître, je lui dis.

Je vais chercher le portable de Shanice que j'ai utilisé pour communiquer avec Marta Paula, je m'efforce de trouver dans cet appareil sophistiqué les horaires des appels, des messages que je n'aurais pas vus avant. J'ai les mains qui transpirent de nervosité et je sens que le téléphone glisse entre mes doigts.

– S'il lui est arrivé quelque chose parce qu'elle est allée voir cette sorcière je te jure que je ne vais jamais te le pardonner.

J'appelle au numéro depuis lequel elle m'a parlé la dernière fois mais personne ne répond. Ce n'est pas moi qui ai demandé à Marta Paula d'aller chez cette voyante, mais j'aurais pu l'arrêter à temps. Ça aiguisait ma curiosité, je voulais savoir ce qu'elle lui disait d'autre à propos de ma grossesse et la préoccupation du Tucumanais me faisait penser qu'il ne s'agissait pas d'une baratineuse mais d'une véritable médium, d'une personne avec des pouvoirs paranormaux. Maintenant sa sœur a disparu et je n'arrête pas de me rappeler ce qu'elle m'a dit dans son dernier appel : "La Feli m'a fait quelque chose." Miguel Javier est pâle. Je lui propose un thé qu'il accepte en bougeant à peine la tête et quand je le lui apporte il me demande de ne pas le laisser seul, parce que jamais il n'a ressenti une telle peur de sa vie. On dirait que la colère qu'il éprouvait il y a un instant s'est effacée d'un coup. Elle va forcément réapparaître, je répète. Miguel commence à pleurer, le voir comme ça me brise le cœur.

Un peu plus calme il m'explique qu'il y a deux jours sa mère l'a appelé pour lui dire que sa sœur n'avait pas passé la nuit à la maison. Miguel, à dix mille kilomètres de distance, a organisé les recherches. Ses autres sœurs semblent ne pas avoir assez de temps pour accorder à l'affaire toute l'attention qu'elle mérite. La première chose qu'il a faite a été de localiser son ex-beau-frère. Il n'a rien pu tirer de cette conversation et, comme sa relation avec lui n'a jamais été bonne, le contact a été sec et hostile. Il est inquiet pour les garçons, les enfants de Marta Paula dont s'occupe sa mère qui est débordée. Je dois aller là-bas, dit-il, si elle ne réapparaît pas ce soir il faut que je rentre à Tucumán.

Miguel Javier n'est pas allé à la fac ces derniers jours, il a passé son temps à téléphoner et à écrire des mails. Il a même pris contact avec la police de Tucumán : il leur a parlé de la Feli, de cet endroit dans le bidonville de La Aguadita où convergent la magie noire, la prostitution et la vente de drogues. Il l'a fait sans aucun espoir d'être écouté mais il a réussi à s'assurer que la plainte avait bien été déposée par sa famille.

Nous parlons des préparatifs pour qu'il puisse faire le voyage demain ou après-demain au cas où sa sœur n'apparaîtrait toujours pas. Miguel Javier pourrait prendre le billet avec sa carte et payer au cours des prochains mois avec sa bourse. C'est l'époque des examens et son absence sera un recul dans sa laborieuse progression universitaire, mais ce n'est pas le moment d'y penser. Dans le bureau de Mario nous consultons sur Internet les prochains vols pour Buenos Aires et les correspondances pour Tucumán. Il y a un vol d'Aerolineas Argentinas avec des places disponibles qui décolle de Francfort demain midi. Avec le train de la première heure qui part d'Heidelberg il arriverait à temps à l'aéroport. Mais je le convaincs d'attendre un peu, nous passerons la nuit ici, éveillés, en contact avec Tucumán ; et si nous n'avons pas de nouvelles après cinq heures du matin il achètera le billet d'avion.

IV

Je cuisine des saucisses et des pommes de terre et j'ouvre une des bouteilles de vin que Mario garde dans la cuisine ; je sais qu'il les réserve pour des occasions spéciales mais quand je lui expliquerai il saura comprendre. *Toi tu ne peux pas en boire*, me dit le Tucumanais. D'une certaine façon sa mise en garde nous apaise un moment. Nous détournons la conversation vers mon état, je lui dis qu'un petit verre ne me fera rien et il me fait remarquer que je suis un petit peu plus grosse. Je m'aperçois qu'en le disant il regarde mes seins et mes jambes puis il plonge aussitôt le regard dans son verre. Nous parlons aussi du vin, aucun des deux n'est un spécialiste en la matière mais nous convenons que ce que nous sommes en train de boire nous plonge dans un ravissement qui, si nous n'étions pas dans la situation dans laquelle nous sommes, ressemblerait au bonheur.

Dans un instant nous téléphonerons une nouvelle fois chez sa mère. Miguel Javier s'approche de la fenêtre qui donne sur le jardin et il me demande de venir.

– Ce qui tombe, c'est de la neige ? demande-t-il.

– Oui, il neige, je confirme.

– *Cétrèsbô*, je n'avais jamais vu neiger, dit-il en se collant à la vitre.

La sonnerie du portable de Shanice nous fait sursauter, j'imagine que c'est Joseph qui appelle, je cherche le portable au milieu des coussins du canapé. J'entends toujours l'appel et je ne peux pas le trouver, je vais devoir expliquer à Joseph que ce soir nous ne pourrons pas nous voir, je vois l'appareil sur une étagère de la bibliothèque et je cours jusqu'à lui. J'arrive juste avant que ça coupe.

– C'est Marta Paula.

– Marta Paula ! Où es-tu ?

– Dans une pension, j'avais besoin d'être seule.

– Tu vas bien ?!

– Oui.

Miguel m'arrache le téléphone. Je l'entends crier, il répète plusieurs fois : pourquoi tu n'as pas prévenu ? Il demande si on lui a fait du mal, il demande si elle est seule. Il lui dit qu'elle est folle, que c'est une irresponsable, il lui reproche d'avoir été sur le point de monter dans un avion pour aller la chercher, il lui dit qu'il l'aime très fort, qu'il ne pourrait pas s'en remettre s'il lui arrivait quelque chose.

Je vais dans la cuisine pour qu'il puisse continuer à parler tranquillement. Je lave les assiettes, je les essuie, avec le torchon j'essuie aussi mes larmes. Je crois que c'est juste un petit sanglot pour soulager les nerfs.

Miguel Javier entre dans la cuisine et il me passe le téléphone, il dit que sa sœur veut me parler.

– Toi tu peux me comprendre, pas vrai ?

– Je crois que oui, mais nous avons eu très peur.

– J'avais besoin d'arrêter de penser.

– Penser à quoi ?

– De penser à tout, à ma vie. C'est la Feli qui m'a fait réfléchir à ce que j'étais en train de faire de ma vie, et si je rentrais à la maison avec les gosses et ce raffut qu'ils font toujours, je n'aurais pas pu me concentrer. Après ça m'a pris plus de temps, deux jours ça m'a pris pour réfléchir, mais maintenant je rentre à la maison.

– Prends bien soin de toi, Marta.

– Oui, ne vous inquiétez pas, dis à mon frère de ne pas s'inquiéter, qu'il faut qu'il obtienne son diplôme.

– Oui, je t'embrasse très fort.

– Moi aussi je t'embrasse. Ah, j'allais raccrocher et je me suis rappelé : quand je partais l'autre jour de chez la Feli elle m'a dit que tu allais avoir une fille. Félicitations.

Après l'appel de Marta Paula, Miguel Javier et moi restons encore un moment à parler de sa sœur, de la neige et du vin de Mario. Je suis morte de sommeil et de temps à autre pendant qu'il parle j'ai les yeux qui se ferment. *C'est l'heure de m'en aller*, dit-il. À la porte, nous nous serrons longtemps et fortement dans les bras. Miguel s'éloigne, emmitouflé dans son blouson, en faisant de petits bonds entre les flocons de neige qui tombent, comme un enfant.

Onze

I

Hier soir quand Miguel Javier est parti j'ai appelé Joseph mais il n'a pas répondu. Je sens qu'il m'évite et je ne retournerai pas le chercher tant qu'il ne réapparaîtra pas.

La neige aujourd'hui est tombée abondamment toute la matinée. Il fait tellement froid que je creuse mon imagination culinaire pour ne pas avoir à sortir acheter quoi que ce soit, je n'enlèverai même pas ma chemise de nuit. Je tirerai parti de ce que j'ai : pommes de terre, soupes instantanées, farine, saucisses, tomates et un peu de charcuterie. Je regarde la télévision toute la journée, je suis de près les nouvelles des réfugiés auxquelles se sont ajoutés des attentats sanglants dans certaines capitales européennes. Il y a peu d'images des bombardements au Moyen-Orient, mais elles sont suffisantes pour deviner le désastre absolu.

Je me languis pour la première fois de ma famille et mes amis à Buenos Aires.

Je me remets à ouvrir les boîtes à souvenirs de Mario et à éparpiller les photos, lettres et papiers sur le sol du salon. Je ne sais pas bien ce que je cherche mais j'ai à nouveau sous les yeux la photo où ces étranges animaux apparaissent. Mario et moi au centre de l'image, c'est la clairière d'une forêt aux environs d'Heidelberg et nos silhouettes se distinguent à peine. On parvient à voir la ville, au loin, derrière les arbres. Les animaux ressemblent à des bisons nains et ils s'approchent de nous avec timidité. Je ne me souviens absolument pas de ce jour-là mais j'imagine que celui qui a pris la photo était mon père. Je cherche des photos de lui également, sur toutes il sourit et mon envie de le serrer dans mes bras me fait pleurer.

Je regarde la photo d'Elvio, le jeune petit ami disparu de Mario et quelque chose me perturbe mais je mets du temps à comprendre quoi. Au début je crois que c'est la peine, l'angoisse d'imaginer son destin. Mais non, ce n'est pas ça, cette gêne il s'agit d'autre chose. Elvio a une ressemblance flagrante avec Joseph. Les grands yeux noirs, le large sourire, les épais cheveux sombres, les sourcils fournis, même son manteau ressemble au pardessus des années 70 que Joseph a l'habitude de mettre.

Je place la photo sur une étagère de la bibliothèque pour pouvoir la regarder depuis le canapé, la ressemblance à cette distance reste stupéfiante.

La nuit tombe, la journée est passée, une journée entière où je n'ai ni vu ni parlé avec personne. Le sommeil me gagne avant d'avoir rangé les papiers étalés de Mario et je m'endors sur le canapé. Je rêve par moments d'une petite fille qui joue dans la clairière d'une forêt, ce pourrait être moi mais ce pourrait aussi être une autre, ce pourrait être ma fille.

II

Un bruit de clefs dans la serrure de la porte me réveille. Avant que je puisse me lever quelqu'un entre. C'est Mario, avec les yeux alourdis de sommeil je le vois avancer avec une valise qu'il laisse au bord du canapé où je suis allongée. C'est le matin et Mario me regarde en souriant. *Tu t'es endormie ici*, dit-il. Je regarde autour de moi le désordre des papiers et des photos, ses papiers et ses photos, ses souvenirs les plus intimes étalés par moi sur le tapis.

– Pardon, hier soir j'ai regardé les photos…

– Ne t'inquiète pas, tu peux sortir ce que tu veux. On rangera plus tard.

Mario a l'air en forme, très en forme. Je me réjouis aussitôt. Je l'avais imaginé presque moribond dans une clinique de Francfort, mais maintenant il est devant moi et non seulement il n'a pas l'air malade mais il semble même aller mieux qu'avant. Je lui demande s'il va bien et il me répond que parfaitement. Il me demande comment je vais moi, si je suis allée chez le docteur ces jours-ci, il dit que je suis belle et que ma grossesse se remarque bien à présent. Je réchauffe le café qui reste de la veille et je lui raconte tout l'épisode avec Mme Takahashi, également ce qui s'est passé avec le Tucumanais et sa sœur. Mario m'écoute comme si j'étais en train de lui raconter un film, il est enchanté par le récit mais je trouve étrange qu'il ne s'implique pas et qu'il ne me dise rien. Quand je termine il me demande ce qu'il s'est passé d'autre pendant son absence. Rien d'autre, c'est tout, je lui mens. Je n'ai pas le courage de lui parler de Joseph, je ne saurais pas comment ni par où commencer à lui dire que nous avons une liaison. De toute façon je ne sais pas non plus si nous l'avons toujours.

Dehors il a encore neigé et le petit jardin est totalement blanc. Mario dit que nous allons passer de belles fêtes de fin d'année ensemble. Fêtes de fin d'année? Bien sûr, je n'avais pas du tout pensé à ça. Je repense à tous ceux qui sont à Buenos Aires. Ce seront de belles fêtes, dit-il à nouveau, mais avant j'aurai un autre voyage. Mario doit être jury d'une thèse à l'Université de Berlin, ce sera un voyage très bref, "une escapade". Il doit partir demain donc il n'aura presque pas à ouvrir sa valise, remarque-t-il.

Et ensuite, alors que je suis en train de ramasser les photos et les papiers sur le sol, il dit qu'il voyagera avec Joseph.

– C'est une grande opportunité pour lui, il pourra s'entretenir avec des galeristes de Berlin très liés à l'université. Je l'ai invité et il a accepté avec beaucoup d'enthousiasme.

Lentement je range chaque papier dans les boîtes, je ne trouve pas les mots pour lui répondre et tout mon corps pèse des tonnes.

III

Je pressens que je ne pourrai pas dormir cette nuit. Je me retourne dans mon lit, je me lève, je vais à la cuisine. Je bois la carafe d'eau entière. Cette nuit, dans cette maison, tout ce que je connais semble être devenu très lointain, inaccessible. Mario qui dort dans sa chambre et Joseph qui demain viendra ici le chercher. Je les imagine arrivant à Berlin, le visage souriant de Joseph, ce sourire avec toutes ses dents et ses yeux noirs brillants. Je les imagine s'arrêtant pour manger dans un restaurant avant de s'installer à l'hôtel. Je vois Mario replaçant ses lunettes, remuant les mains. Les autres tableaux qui me viennent à l'esprit sont moins crédibles, semblables à un film porno, leurs corps nus sous une lumière rougeâtre, leurs visages défigurés par le plaisir. Les scènes que j'imagine sont tellement banales qu'elles me font rire un instant. Peut-être qu'ils ne partageront même pas la même chambre, je ne sais pas, je n'ai pas osé le demander et je ne veux pas continuer d'y penser.

Je me souviens de Mme Takahashi et je sens un remords horrible. Je ne suis pas gentille, quelqu'un de gentil n'aurait pas fait ce que j'ai fait. Parce que je sais que c'était elle qui déambulait pieds nus à côté de la rivière.

En essayant de ne faire aucun bruit qui réveillerait Mario, je marche jusqu'à son bureau et j'allume l'ordinateur. Dans ma boîte mail se sont accumulés 1 472 messages non lus depuis que je suis arrivée en Allemagne. La grande majorité n'a aucune importance. Je les efface presque tous, un par un sans les lire, mais je m'arrête sur celui d'une vieille amie du lycée. Elle parle d'un rassemblement d'anciens camarades de classe qui est organisé pour ce week-end. Le mail est d'il y a presque deux mois. J'imagine ce que cette réunion a pu donner et mes anciens camarades se revoyant après toutes ces années. Aussitôt je me souviens de l'odeur des jasmins à la porte de la maison de mon adolescence. Je garde le mail pour y répondre plus tard et m'excuser de ne pas être venue. Je pense comme possible réponse dire seulement que j'aurais adoré y assister mais que je suis en Europe.

Je garde aussi un mail de Santiago où il me dit que Ringo est mort il y a un mois et qu'il a été un bon chien jusqu'au dernier moment. Il le dit en trois lignes et il m'envoie ses salutations. Il ne dit pas je t'embrasse, ni bisous, mais salutations.

Je laisse sans les lire tous les mails des gens de mon travail.

Je relis plusieurs fois celui d'un ancien élève de mon père qui m'envoie un travail lu lors d'un hommage. Il parle de l'apport philosophique de mon père, mais aussi de son sens de l'humour et de l'unité heureuse entre sa vie et son œuvre.

Il y a un mail de Marta Paula écrit hier dans un cybercafé. Elle me raconte la chaleur insupportable qu'il fait à Tucumán et la pagaille qu'elle a déclenchée dans sa famille pour s'être absentée deux nuits de chez elle.

J'ouvre un mail de ma mère qui ne sait toujours rien de ma grossesse et qui croit que je suis en train de me promener et de rencontrer des gens intéressants. Elle dit qu'elle m'a trouvée bizarre lors de nos dernières conversations téléphoniques. Elle me demande quels sont mes projets, si je vais poursuivre mes vacances ou si j'ai une date de retour. Elle dit qu'elle se sent nostalgique et que cette année elle n'a pas trop envie de fêter le nouvel an. Elle me propose, si je reviens, de partir ensemble en voyage à cette date loin de Buenos Aires.

Je ferme mon courrier et devant mes yeux apparaît la page d'Aerolineas Argentinas que nous avons consultée avec Miguel Javier la dernière fois qu'il était ici. Il y a trois vols avec des places disponibles avant la fin de l'année. J'écris mon prénom, mon nom et mon numéro d'identité dans le formulaire d'achat, mais la session expire avant que je puisse accéder à l'étape suivante.

Je m'endors quelques minutes sur le bureau et je me réveille avec des courbatures. J'éteins l'ordinateur parce que je n'arrive plus à penser à rien. Il fait encore nuit. Je vais jusqu'à mon lit et je me couche. Je ne sais pas combien de temps encore je passerai à Heidelberg, mais je sais qu'aujourd'hui je dormirai jusqu'à midi. Si ça se trouve quand je me réveillerai Mario sera déjà parti.

IV

Joseph, assis sur le canapé où nous nous sommes plusieurs fois allongés ensemble ces jours-ci, ne dit rien. Il attend que Mario soit prêt à partir. Il est là, simplement, avec les bras croisés et le regard perdu comme si la situation l'ennuyait un peu. J'ai envie de le frapper, de lui jeter quelque chose au visage, de le pousser avec mes mains jusqu'à le faire sortir de la maison. Mais c'est tout juste si j'ai la force de m'approcher.

– Tu ne vas rien me dire ? je lui demande en le regardant dans les yeux.

Joseph me regarde, il ferme et ouvre les yeux en levant et baissant ses longs cils. Je découvre à côté du canapé son sac et une chemise qui doit contenir son travail photographique. Quel droit ai-je à la colère, à me sentir trahie ? Joseph me regarde à nouveau, sa bouche est tellement proche de moi que j'en frissonne.

Mario apparaît fraîchement lavé et rasé. Il a l'air content, il nous dit que ça fait longtemps qu'il ne va plus à Berlin, que cette invitation a été une chance. Pendant qu'il prépare ses dernières affaires pour partir il découvre la photo d'Elvio sur la bibliothèque. Je lui dis, en bafouillant, que j'ai oublié de la remettre avec les autres papiers par terre. Il la prend entre ses mains quelques secondes puis il la repose sur l'étagère là où je l'avais placée. Il ne semble pas fâché par mon étourderie. Au contraire, il dit que j'ai trouvé un bon endroit pour ce portrait qui a passé tant de temps rangé. Joseph ne dit toujours rien, même pas devant l'évidence de sa ressemblance avec Elvio. Aucun des deux ne semble la remarquer. Ou peut-être que si, peut-être qu'ils en ont déjà parlé tant de fois que ça ne leur paraît plus quelque chose de frappant.

Mario me demande de le suivre dans la cuisine et là il me montre un pot avec de l'argent caché au milieu d'autres pots de nourriture. Ce sont plus de 500 euros, pour les dépenses de la maison et ce dont tu auras besoin, dit-il. Ce ne sera pas nécessaire, je réponds honteuse, mais il répète pour ce dont tu auras besoin et il me prend dans ses bras et je sens dans cette embrassade une tendresse si sincère que j'en suis émue jusqu'aux larmes. Mario ferme la porte de la cuisine, je comprends qu'il va me parler d'une chose qu'il ne veut pas que Joseph entende.

– Je ne suis pas allé à Francfort pour travailler, j'y suis allé pour être opéré d'une petite tumeur qu'on m'a trouvée. Mais ce n'était rien. Tout s'est bien passé.

– Pourquoi tu ne m'as pas prévenue ? Pourquoi tu ne m'as pas laissée t'accompagner ?

– Je ne voulais pas que tu t'inquiètes dans ton état, et tu as déjà plusieurs problèmes à toi... Tout s'est bien passé, très bien. Mais cette photo d'Elvio que tu as laissée là m'a fait penser à une chose... une chose que je veux te demander.

– Oui, ce que tu voudras.

– Si un jour... si je meurs, peu importe le moment où cela arrivera, je veux que tu portes mes cendres dans le bois de La Plata et que tu les disperses sur le sol. Tu es la seule personne à qui je peux le demander.

Mario sourit, il semble regretter ou avoir honte de ce qu'il vient de dire. Je promets de respecter sa demande. Nous restons en silence un instant puis nous rions nerveusement. Il ouvre la porte et il me rappelle que la semaine prochaine il sera de retour ici et que je n'hésite pas à utiliser l'argent pour ce qu'il faudra.

Le taxi qui les emportera à la gare est arrivé. Joseph me salue d'un baiser sur la joue et je les vois monter dans l'auto en discutant joyeusement de choses que je ne parviens plus à entendre.

V

Mes derniers jours à Heidelberg se sont répétés presque à l'identique. Les arbres du jardin se sont complètement couverts de neige et je n'ai pas eu besoin de mettre le nez dehors jusqu'à ce dimanche où il ne restait plus rien dans la cuisine et j'ai dû faire des courses pour ne pas mourir de faim. Je me suis bien couverte et j'ai dû chercher une pelle pour me frayer un passage au milieu de la neige qui s'était accumulée devant la porte. J'ai marché jusqu'au centre-ville, j'ai acheté des fruits, des légumes et du pain ; et dans une boutique de décorations de Noël, des fleurs en papier fuchsia qui m'ont fait penser à Shanice. J'ai décidé de les lui porter au cimetière, je n'étais jamais retournée voir sa tombe depuis l'enterrement.

Je suis arrivée en portant mes sacs de courses. Un gardien installé à la grille du cimetière m'a dit qu'il était interdit d'entrer avec de la nourriture. Je lui ai montré les fleurs en papier et je lui ai promis que ce serait juste une minute. *Juste une minute*, a-t-il répété en ouvrant la porte.

J'ai parcouru le chemin que nous avions suivi ce matin-là avec les parents de Shanice et quelques étudiants. J'ai laissé les fleurs par terre et j'ai vu que sur sa tombe il y avait une photo d'elle à trois ou quatre ans avec ses parents la tenant chacun par une main. Je me suis dépêchée de m'en aller pour tenir ma promesse.

Dehors j'ai compris que je n'étais pas venue jusqu'ici pour rendre visite à Shanice mais pour chercher une trace de sa mère. Durant ces derniers jours j'avais vécu avec la crainte qu'elle apparaisse à la maison mais aussi avec la préoccupation et la curiosité constantes de savoir ce qu'elle avait pu devenir. Si elle était rentrée au Japon, si son mari était venu la chercher ou si elle avait survécu au froid en déambulant seule dans les parages. C'est alors que j'ai traversé la rue et que je l'ai vue. Mme Takahashi marchait de dos dans sa robe noire à longues manches ; elle était là, saine et sauve, s'éloignant du cimetière.

Mon cœur s'est agité. Elle s'était débrouillée pour rester à Heidelberg. J'ai ressenti la nécessité de savoir où elle vivait, comment elle avait fait pour subsister tout ce temps. Je me suis dépêchée pour ne pas la perdre de vue et j'ai marché derrière elle à une distance prudente. Je l'ai suivie dans beaucoup, beaucoup de rues. Nous sommes passées devant des hôtels luxueux et d'autres modestes, à chacun je supposais à tort qu'elle allait s'arrêter. Elle semblait n'arriver jamais nulle part et quand nous avons passé le Neckar je n'ai plus pu reconnaître les rues que nous traversions.

J'ai remarqué que l'air avait changé, un vent froid s'était levé qui apportait de loin une odeur de thé et de bois brûlé. À certaines portes des lumières commençaient à s'allumer et sur les toits la neige se défaisait en gouttes lentes.

J'ai su que nous étions à l'extérieur de la ville parce que les maisons ont commencé à s'espacer au milieu de grands terrains verts, j'ai vu qu'à certaines fenêtres on fermait les rideaux de l'intérieur, et après quelques parcelles encore il n'y a plus eu aucune habitation aux alentours. J'ai pensé faire demi-tour, je portais toujours les sacs qui commençaient à peser trop lourd, mais ma curiosité était très forte. En arrivant à une forêt énorme Mme Takahashi a descendu un talus. Je me suis arrêtée. J'ai reconnu l'endroit, j'avais l'impression d'être déjà venue ici de nombreuses fois. Je me suis souvenue qu'en bas de cette colline il y avait un lac où j'avais l'habitude d'aller avec mon père il y a plus de trente ans. J'ai marché un peu et j'ai constaté qu'il était là, au milieu de la forêt, un lac gelé qui demeurait pareil que dans mon enfance. Je n'avais plus repensé à cet endroit pendant toutes ces années mais maintenant son souvenir était net et vivant : le blouson bleu de mon père, sa main chaude tenant la mienne, nos rires à tous les deux, l'odeur de la glace. Ce souvenir m'a tellement distraite que j'ai perdu de vue Mme Takahashi. Mais aussitôt elle a réapparu, elle traversait le lac à petits pas rapides. Sa silhouette noire se découpait sur la surface aux reflets argentés. Quand elle a atteint l'autre rive et qu'elle a disparu sous les arbres j'ai foulé la glace. Mes tennis se sont plantées fermement et j'ai avancé très lentement pour ne pas glisser. J'ai essayé d'imiter ses petits pas assurés. J'ai senti que mes poumons se remplissaient d'air frais et pur, et je me suis convaincue que ç'avait été une bonne idée de venir jusqu'ici après toutes ces journées d'enfermement. Mais à ce moment-là j'ai entendu un bruit, comme un craquement, un soupir profond qui semblait venir du fond du lac. Je suis restée debout, immobile. Je me suis demandé si c'était le bruit que fait la glace avant de se briser de tous les côtés. Il n'y avait personne autour. J'ai vu un animal bouger sous les arbres et apparaître près de la rive, et même s'il commençait à faire plus sombre il m'a semblé que c'était une de ces chèvres ou bisons nains que j'avais vus sur la photo de Mario. J'ai baissé la tête et j'ai vu mon reflet par terre, mon corps plus gros et lourd que d'habitude soutenait toujours les deux sacs de courses de ce matin. Très lentement je m'en suis débarrassée, je les ai descendus le plus loin que j'ai pu et j'ai vu les fruits rouler sur la glace. J'ai entendu encore une fois ce gémissement qui venait de sous mes pieds. J'aurais voulu savoir le Notre Père ou n'importe quelle autre prière. Je suis restée immobile je ne sais pas combien de temps, tremblante, jusqu'à ce que le bruit s'arrête et que je puisse avancer jusqu'à la terre ferme. J'ai fait quelques pas dans la forêt et je me suis écroulée par terre. L'animal que j'avais vu depuis le lac a réapparu et il s'est approché de moi peu à peu. Il était robuste, avec des pattes courtes et un front aplati d'où sortaient de petites cornes. Il m'a flairée et il m'a regardée avec ses grands yeux écartés. Il a fait un bruit avec son museau et il s'est couché à côté de moi. J'ai su qu'il ne me ferait aucun mal. J'étais perdue, mais j'étais à l'abri. J'ai respiré profondément et je me suis collée contre son corps en quête de chaleur. La nuit est tombée.

Nous avons vu un hibou partir en volant de la cime d'un arbre. Nous avons vu les nuages qui bougeaient, changeaient de forme et se défaisaient dans le ciel. Nous avons vu apparaître trois autres bisons qui nous regardaient de loin.

Mon compagnon s'est levé très lentement, il les a rejoints et les quatre bisons se sont éloignés sous les arbres. Moi aussi j'ai voulu me lever et chercher le chemin du retour. Mais je n'avais pas encore la force. Je suis restée un moment encore sur la terre, allongée sur le dos. Le ciel s'était complètement dégagé et il commençait à se remplir d'étoiles.

SUITE HISPANO-AMÉRICAINE

Des nouvelles de Cuba (N° 39)

Des nouvelles du Mexique (N° 144)

Histoires d'amour d'Amérique latine (N° 59)

Histoires étranges et fantastiques d'Amérique latine (N° 1)

Selva ALMADA
Après l'orage (N° 194)

Eugenia ALMEIDA
L'Autobus (N° 173)

Fernando AMPUERO
Caramel vert (N° 24)

Alfredo BRYCE-ECHENIQUE
Un monde pour Julius (N° 43)
L'Amygdalite de Tarzan (N° 185)

Horacio CASTELLANOS MOYA
La Servante et le Catcheur (N° 190)
Le Dégoût. Thomas Bernhard à San Salvador (N° 208)
Effondrement (N° 209)
L'Homme en arme (N° 211)
La Diablesse dans son miroir (N° 213)

Mario DELGADO-APARAÍN
La Ballade de Johnny Sosa (N° 112)

Pablo DE SANTIS
La Traduction (N° 93)
Le Cercle des douze (N° 180)

Jesús DÍAZ
Les Paroles perdues (N° 53)
Parle-moi un peu de Cuba (N° 161)

Ramón DÍAZ-ETEROVIC
Les Sept Fils de Simenon (N° 81)
La Couleur de la peau (N° 177)

Jorge FRANCO
La Fille aux ciseaux (N° 48)
Paraíso Travel (N° 82)

Santiago GAMBOA
Perdre est une question de méthode (N° 78)
Les Captifs du Lys blanc (N° 132)
Le Siège de Bogotá (N° 152)
Nécropolis 1209 (N° 203)

Mempo GIARDINELLI
Le Dixième Cercle (N° 23)
Luna caliente (N° 61)
Les morts sont seuls (N° 109)
Fin de roman en Patagonie (N° 182)

Alejandro JODOROWSKY
L'Arbre du dieu pendu (N° 14)
L'Enfant du Jeudi noir (N° 63)
Albina et les hommes-chiens (N° 40)
Opéra Panique (théâtre) (N° 42)

Miguel LITTÍN
Le Voyageur byzantin (N° 71)

Elsa OSORIO
Luz ou le temps sauvage (N° 65)
La Capitana (N° 181)

Leonardo PADURA
Électre à La Havane (N° 27)
Mort d'un Chinois à La Havane (N° 49)
L'Automne à Cuba (N° 60)
Adios Hemingway (N° 98)
Passé parfait (N° 121)
Vents de carême (N° 122)
Le Palmier et l'Étoile (N° 143)
Les Brumes du passé (N° 151)
L'Homme qui aimait les chiens (N° 176)

Virgilio PIÑERA
Nouveaux contes froids (N° 25)

Horacio QUIROGA
Les Exilés (N° 5)
Le Désert (N° 29)
Contes d'amour de folie et de mort (N° 34)
Anaconda (N° 99)

Hernán RIVERA LETELIER
La reine Isabel chantait des chansons d'amour (N° 70)
Mirage d'amour avec fanfare (N° 94)
La Raconteuse de films (N° 168)
Les Fleurs noires de Santa María (N° 189)

Evelio ROSERO
Les Armées (N° 193)

Manuel SCORZA
Roulements de tambours pour Rancas (N° 15)

Luis SEPÚLVEDA
Journal d'un tueur sentimental (N° 8)
Yacaré, Hot Line (N° 19)
Les Roses d'Atacama (N° 75)

Histoire d'une mouette et du chat qui lui apprit à voler (N° 83)
Le Vieux qui lisait des romans d'amour (N° 90)
Le Monde du bout du monde (N° 105)
Un nom de torero (N° 106)
Histoire du chat et de la souris qui devinrent amis (N° 191)
Le Neveu d'Amérique (N° 200)
La Folie de Pinochet (N° 201)
Histoire d'un escargot qui découvrit l'importance de la lenteur (N° 204)
Histoire d'un chien mapuche (N° 210)

Karla SUÁREZ
Tropique des silences (N° 108)

Paco IgnacioTAIBO II
De passage (N° 6)
Archanges (N° 167)

Maruja TORRES
Une chaleur si proche (N° 72)